U0866791

张曼娟
唐诗学堂

边边

张曼娟 主编　孙梓评 著

中信出版集团 | 北京

图书在版编目（CIP）数据

边边 / 孙梓评著 . -- 北京 : 中信出版社 , 2020.1
（张曼娟唐诗学堂 / 张曼娟主编）
ISBN 978-7-5217-1135-6

Ⅰ . ①边… Ⅱ . ①孙… Ⅲ . ①唐诗—诗歌欣赏—儿童读物 Ⅳ . ① I207.22-49

中国版本图书馆 CIP 数据核字（2019）第 217615 号

本书通过四川一览文化传播广告有限公司代理，经张曼娟紫石作坊有限公司授权出版中文简体字版本

边边

（张曼娟唐诗学堂）

主　　编：张曼娟
著　　者：孙梓评
出版发行：中信出版集团股份有限公司
（北京市朝阳区惠新东街甲 4 号富盛大厦 2 座　邮编　100029）
承 印 者：北京盛通印刷股份有限公司

开　　本：880mm × 1230mm　1/32　　印　　张：6　　字　　数：93 千字
版　　次：2020 年 1 月第 1 版　　印　　次：2020 年 1 月第 1 次印刷
广告经营许可证：京朝工商广字第 8087 号
书　　号：ISBN 978-7-5217-1135-6
定　　价：38.00 元

版权所有 · 侵权必究
如有印刷、装订问题，本公司负责调换。
服务热线：400-600-8099
投稿邮箱：author@citicpub.com

目录

“张曼娟学堂”系列总序

让“语文力”陪伴孩子一生

張曼娟

◆在“张曼娟小学堂”快乐学国学

2005年，我在台湾做了一件事，利用暑假期间开办私塾“张曼娟小学堂”。我们招收了大概120个孩子，刚开始是将他们分成四个年级，从小学三年级到六年级，给孩子们上传统文化和写作课程。家长们常常抱怨，孩子的创作力缺乏，表达力欠佳，我认为这些都与素养和内涵有关，而中国传统文化提供了无穷无尽的养分。

台湾的孩子一直都在读经，但是他们读经的方式比较呆板，比如背整本的《三字经》和《弟子规》，孩子不懂，大人说先背着，长大就懂了。这是对孩子说的善意谎言。

在“张曼娟小学堂”里，我们会尝试另一种方法。比如今天谈“勇敢”，我会问小朋友：“你们觉得什么是勇敢？如果班上有一个同学常常被人欺负，你们觉得该怎么办？如果觉得这样不对，会怎么样处理？你会袖手旁观还是挺身而出？”因为这跟他们的生活有关系，孩子们都很热烈地参与讨论，他们会谈自己怎么样处理这个问题。接下来，让他们读一段《弟子规》，看里面怎么说。在他们觉得《弟子规》说得有道理时，就会不自觉地背起《弟子规》来。接着是一段故事，让大家讨论。然后，我们转向孔子，看看孔子关于“勇敢”又说了些什么，孩子们充分理解了、认可了，然后就会背起来。就这样不知不觉地背诵，而且背得很开心。

● 从“张曼娟小学堂”到“张曼娟学堂”系列

“老师什么时候要为我们这些小孩子写书呢？”到现在，我依然记得最初提出这个请求的那个女孩说这句话的声音，她是 2005 年“张曼娟小学堂”第一届的学生。

而我确实是呼应了她的愿望，开始策划并创作一个又一个“学堂”系列。我和几位优秀的创作者——张维中、孙梓评、高培耘与黄羿瓅反复地开会讨论着，编写全部内容。

我们察觉到孩子对成语的无感，只是机械式地运用，于是创作了“成语学堂”；感受到孩子无边无际的想象力在成长中不断减少，于是创作了“奇幻学堂”；意识到孩子对于美感和情感的领受变得浮夸而浅薄，于是创作了“唐诗学堂”……

这样的初心和作品，获得了许多家长、老师的认同，更令我们感到欣喜的是，孩子们的真心喜爱。

这让我们知道，“张曼娟学堂”系列不只是古典新释，更是探讨孩子成长中各种情境的系列作品，有着这样深刻的意义。

●“语文力”是什么？

也是在演讲活动的时候，常有家长询问：“我的孩子考数学，演算题全对，但是一到应用题就完蛋了，他根本看不懂题目呀。到底该怎么办？”这是发生在许多成绩优秀的孩子身上的悲剧。

我想，这都与“语文力”相关。“语文力”不仅能提升语文水平，还是提升一切学科的基础，这样的认知放在当下飞速发展的社会环境中，已经有些狭窄。“语文力”，不仅是阅读力，还有理解力与表达力。能不能看懂考题、在考试时拿高分，固然重要；然而，更大的隐忧却是，应付考试，得到高分的岁月，只占了短短几年。孩子们未来长长的人生，假若没有足够的理解与表达能力，他们将如何面对社会激烈的竞争？如何与他人建立良好的人际关系？这样的担忧与期望，才是我们十年来投入许多心血与时间，为孩子创作的初衷。

十年（2005—2015 年），仿佛只在一瞬之间，许多孩子长大了，他们都是很好的成年人了。也许不是念中文相关专业的，可是，他们一直保持着对于文字的敏感度，对于人情世故的理解力。

感谢中信出版集团将“张曼娟学堂”系列的简体版以全新的面貌呈现，也相信更多正在成长路上的孩子会因此受益。而我们仍在创作的路上，以珍爱的心情，成为孩子最知心的陪伴。

“张曼娟唐诗学堂”系列序

荒岛的锦囊

張曼娟

“如果有一天，你漂流到一座荒岛，只能带一个袋子，里面只能装三本书，你会带哪三本？”几个小学生环坐我身边，十分认真地问问题，十分认真地做笔记，他们脸上那过于认真的神情，让我忍不住想胡闹。

于是我问：“我会不会获救呢？”

几个孩子面面相觑，有的说“会”，有的说“不会”，莫衷一是。

我只好赶快拉回主题，像他们一样认真地回答问题：“我想，我会带一本字典。”

“为什么要带字典呢？”

“因为我可以慢慢地认识每一个汉字，它们为什么长得这个样子，为什么是这个意思，为什么要读成这个音，每个汉字都是一个故事，或是一幅图画，我们平时太忙了，没时间好好了解。如果到了荒岛，每天认识一个字，想象这个字的身世和故事，就不会无聊了啊。”

“第二本呢？”

“我会带一本唐诗选，也许是《唐诗三百首》，也许是更有趣的诗选。唐诗能把我送到一个完全不同的地方。我会忘记自己身在荒岛，忘记生活有多无聊。”

“那第三本呢？”

“第三本当然是《荒岛求生手册》啦！”我大笑起来，孩子们也笑了。

是的，在漂流到荒岛的小小锦囊中，我一定要带上一本唐诗选。那是我幼年时的启蒙读物。当我还不识字的时候，妈妈一字一句教我背诵，许多诗句的意思我其实根本不能理解。但奇妙的是，每背诵完一首诗，我看待世界的眼光就会变化一点——黑夜里被月光照亮的山，有着那样柔美的轮廓；春天里被风吹散的桃花，有着那样优美的弧度；湖水在阳光下闪动，像许多隐藏着秘密的眼睛…… 一种莫名的感动或感伤，缓缓在我心中荡漾。多年以后我才明白，这就是美感的体验啊。

2005年，我成立了“张曼娟小学堂”，坚持将“读诗”纳入课程中，为的是带给孩子们美感的启发。他们用一首诗叩问人世，整个世界以庞大的声音、气味、色彩、光影来回应他们。于是，孩子们被触动了，他想要理解、诠释、表达、创作，用诗人的眼睛与心灵。

自2006年开始，我和几个优秀的作者一起策划、创作了一系列优秀的作品，从“张曼娟成语学堂”“张曼娟论语学堂”到“张曼娟奇幻学堂”，我们不断寻找新的模式和创意，以至于每本书的呈现都如此亮眼动人。这一系列的作品，获得许多肯定与认同，家长、老师和孩子们真心喜欢这些好听的故事。每一次的好成绩都极大地鼓舞着我们，都不断激励着我们继续为孩子写出崭新的好故事。

这一次，我们把目光投向了唐诗。这些伟大的作品如何与全新的故事结合？相当有经验的四位作者——高培耘、张维中、孙梓评、黄羿瓅，用整整一年的时间，共同完成了“张曼娟唐诗学堂”。

高培耘的《诗无敌》写的是李白与男孩小光的宿世情缘；张维中的《让我们看云去》则讲述了未来世界的云仔遇见王维的故事；孙梓评的《边边》让胖胖的男孩高英雄勇闯大漠，让他在风沙中邂逅了岑参、高适；黄羿瓅的《麻烦小姐》则以悬疑的笔法重现杜甫的万丈光芒。

这四本书算是完整勾勒出盛唐诗歌的版图：浪漫主义的李白，现实主义的杜甫，山水田园派的王维、孟浩然，以及豪气干云的边塞诗人高适、岑参。

唐诗并不只是苦苦背诵的教材而已，并不只是《唐诗三百首》中排列的五言、七言而已，四位作家令人惊喜的想象力和高超的创作技巧让每一首诗都有温度，让每一位诗人都像站在我们面前那样热切地抒情。

而渐渐长大的孩子终会发现，哪怕从不出海，人生也会有某些“荒岛时刻”，我们总有那样的瞬间，感觉自己被放逐，是那样的孤单无助。这时候，我们也许会想起随身携带的锦囊，小小的锦囊中有微微发亮的诗，我们轻轻诵读，便听见了鸟语，闻到了花香，感觉整个世界露出了温柔的微笑。

张曼娟
唐诗学堂

边边

第一章

花莲民宿：
老妈和我，当然还有老爸

莫愁前路无知己，天下谁人不识君

英雄，在下是也。偏偏我实在不怎么像个英雄……

真倒霉。

据说我出生的时候，爸爸抱着还是小婴儿的我，高声对众人宣布：“做人不能忘本，既然家里姓高，又是在高雄出生的，不如就叫‘高雄’吧？”

没想到，这个提议马上遭到老妈的反对。

老妈虽然还在坐月子，脑筋可没放假。

老妈喜欢满世界跑，也是因为这个原因当了空姐。谁也没料到她会嫁给老爸这个……书呆子。

我出生之前，老妈想要旅行的欲望也达到了巅峰，偏偏怀着我，挺着大肚子，哪里都不能去。听说那时候她因为很想去英国，就每天在家里吃炸鱼薯条，听英伦摇滚。至于她最喜爱的孕妇装，都是那几件印了英女王像和英国国旗的长 T 恤。我呱呱落地后，老妈自然怎么也不会丢掉纪念那一段“美好岁月”的大好时机。

“就应该取名为‘英伦’。”老妈大概觉得我喝的奶水有大半都来自“日不落帝国”。

就这样，夫妻俩争执不下，大伙儿纷纷借故离开，我也因为肚子饿而号啕大哭。

在我美妙的哭声中，老爸退了一步，老妈也退了一步。老爸“以妻为贵”，所以，先选了老妈心心念念的“英”，再用了寄托着老爸让我饮水思源殷切期盼的“雄”——于是，我就有了一个囧到爆的名字：高英雄。

英雄，在下是也。偏偏我实在不怎么像个英雄……

可能老妈炸鱼薯条吃得太多，给我的营养一直超标，我从小就长得肥肥嫩嫩，加上陪老妈看了太多摇滚乐队的 MV[①]，老早就近视了。而且不知怎么搞的，我特别容易跌倒。每次我跌倒，老师就会高声大喊：“哪位英雄这么容易跌倒？”要是在家里跌倒，老妈就会用巧克力哄我：“乖，吃点巧克

① MV：音乐短片（Music Video）。

力就不会痛了。”我一吃巧克力，果然不哭了，只是越来越胖……

老爸在报社工作，每天半夜才下班。每当有人问起他的工作，他总是眉头一皱，一副不知道该怎么解释的样子。我听老妈说，因为纸的成本太高了，报纸的印数能减则减，员工数量也能减则减，老爸已经被“边缘化”了。

“什么是边缘化？”我边吃铜锣烧边问。

老妈没好气地解释：“如果以城市来形容的话，你老爸本来是伦敦，现在变成高雄了，懂了吧？”

要是被老爸听见了，肯定又要说老妈不够“政治正确”了。他们每次都用我听不懂的话吵架。

“从伦敦变高雄，至少机票钱省很多，应该不是坏事吧？”我本想这样问老妈，但电视上出现了她最爱的乐队 Coldplay①的 MV，我就乖乖闭嘴了。MV 演的是主唱扮成超人去解救公主。我突然想到，如果电视上的超人是老爸扮的，然后公主由老妈来演，这 MV 应该会很搞笑吧！

---

① Coldplay：中文译名为“酷玩乐队”，英国摇滚乐坛最受欢迎的摇滚乐队之一，代表作 *Yellow*（《黄色》）。

正当我一边窃笑，一边把最后一口铜锣烧塞进嘴里时，平常不到深夜12点不现身的老爸突然打开了门，望着我和老妈，一行眼泪从他的眼角流出来。我脑子蒙蒙的，都忘了嚼铜锣烧了。

老妈从沙发上站起来，像平常那样，倒了杯豆浆给他："吃过饭了吗？"

老爸看着老妈："他们——他们把我裁掉了……"

老妈手上捧着的那杯豆浆，老爸始终没有接过去，两个人就那样站着。我还搞不太清楚状况，"裁掉了"就是电视上说的"裁员"吗？

也就是——老爸没工作了？

那……那我们家会变成什么样？我还会有铜锣烧吃吗？别说我夸张，我脑海中马上浮现一间破落的旧屋，老妈穿着脏兮兮的衣服在淘米，老爸在外头砍柴，我则灰头土脸地在帮忙生火的情景。

为了阻止自己再往下想，我含着嘴巴里的铜锣烧默默地退回了房间。

有些事情还是让超人和公主私下谈一谈比较好。

虽然我已经初中一年级了，老妈仍然习惯在我睡前到我房里拥抱我，一边抱着我一边跟我说晚安。她的说法是："外国人都是这样。"

这一天，到了睡觉时间，我在床上躺了一会儿，还听到外头老妈和老爸窸窸窣窣地说着话，我忍不住爬起来，像贼一样扒在门口偷听。

"莫愁前路无知己，天下谁人不识君。"老妈这样对老爸说。

想不到老妈除了爱听摇滚乐，还会说出这么有学问的话。所谓"有学问"，就是我其实听不太懂。

老爸沉默着。我听见他打开啤酒罐的声音。

我还想再继续窃听他们的谈话内容，却听见老妈说："我去看看英雄睡了没。"

我嗖地奔回床上，虽说是胖子，但我还挺灵活的。

不知道为什么，当我看见老妈像往常那样走进来的时候，突然有点鼻酸。大概我真的很担心以后没有铜锣烧可以吃吧。

老妈坐在床边，我鼓起勇气问："你刚跟老爸说的那个什么不识君的，是布袋戏[①]里的人物吗？"

老妈微笑地摸着我的头说："那是唐朝诗人高适的

诗。高适和当时很有名的琴师董庭兰（董大）是好朋友，他们有一次在路上相逢了，告别的时候高适写了那两句诗鼓励他，告诉他别担心，大家都赏识他的才华，相信他总有一天会出人头地。”

原来总爱跟老爸唱反调的老妈，试图用这两句诗鼓励老爸。

“那个琴师，跟老爸一样，也从伦敦变成高雄了吗？”我本来还想这么问，但马上又想到，被裁掉了的老爸，恐怕连高雄都不是了。

连高雄都不是的老爸，会变成什么？

如果超人不会飞，公主是不是会反过来拯救他？

---

① 布袋戏：布袋木偶戏，又称“景戏”“指花戏”“掌中戏”，傀儡戏剧种之一。

莫愁前路无知己，天下谁人不识君。

【原　　典】

别董大二首·其一

高适

千里黄云白日曛，北风吹雁雪纷纷。
莫愁前路无知己，天下谁人不识君。

【今　　译】下雪之前，日色昏暗，黄云布满整片天空。北风吹来，鸿雁悲鸣，大雪终于纷纷飘落。朋友啊，别担心此去的路途上没有人了解你，因为这个世界上，每个人都如此欣赏你的才华。

【赏　　析】不同的颜色可以传递出不同的情感。“千里黄云白日曛”一句，诗人使用了黄和白两种颜色渲染送别场景。送别的伤感、凄然，更能对比出后两句给朋友的祝福是多么真挚。

功名万里外，心事一杯中

地球上还有好多地方没去过，也还有好多事情没做过。

真倒霉。

自从老爸被裁掉了，家里好像突然出现一个大型盆栽，老爸整个人就种在餐桌旁，不断写着什么。

我出门上学，看到他在写；放学了，他仍然在写。要吃晚餐了，老妈在厨房对我喊：“叫你爸把餐桌上的东西收一收。”老爸就自动抱起他的笔记本电脑，像一株长出脚的盆栽一样，走到沙发旁，再度种下去。

类似的“症状”大约持续了一个月。爱面子的老爸要求老妈不可将消息外泄。

家里有个人形盆栽，这让老妈听摇滚乐很不方便，她觉得这样下去不是办法。

这一天，一向云游四海的李一波叔叔上门了。

李叔叔是老爸的好朋友。

嗯，老实说，大概就是……唯一的一个吧。

我从没听过老爸还把谁称作是他的“好朋友”，他嘴里都是“那个势利鬼”“那个讨厌鬼”“那个糊涂鬼”，难怪老妈总说老爸是“孤僻鬼”。

据老妈所说，李叔叔就是有钱，别的没有。他几乎不需要工作，只要在家里投资股票就可支撑他环游世界……不过，我倒觉得李叔叔完全没有有钱人的感觉，不光是因为他每次都像个流浪汉般地出现，更重要的是他对我的态度。

别看我是个胖子，心思也是相当细腻的。一般大人看到我肥肥嫩嫩的外表，哪怕嘴上不说，眼里都会闪过一秒钟“可惜了”的神情。只有李叔叔不同，他会紧紧抱住我说：“你这个小胖子，好久不见啦！”眼睛里却分明在说：“嗯，其实胖胖的也不错啊。”

每次李叔叔都会带来超高级的铜锣烧。说也奇怪，除了包装精美，那铜锣烧吃起来特别香，里面包的红豆馅甜而不腻，甚至还会散发出一股香气呢。

感谢李叔叔的出现，老爸终于短暂摆脱他的盆栽生活，把头从电脑屏幕前抬起来。我也开心地拿起了铜锣烧，边吃边听着大人们交谈。老妈也端来了煎茶，坐在一旁听他们聊天。

“年轻时，我说要离开高雄到台北工作，去找你喝酒，”老爸边拆开铜锣烧，边问李叔叔，“你送过我两句话，还记得吗？”

“记得。”李叔叔有点羞赧地说，“功名万里外，心事一杯中。”

“那年，我们才二十七岁。”老爸叹了口气。

“二十年了。”李叔叔说，“以前多傻，像歌词里唱的：‘亲爱的父母再会吧，到阵的朋友告辞啦，我欲来去台北打拼……’”

“你也听林强？”老妈睁大了眼。

李叔叔尴尬地抓了抓头，对老爸说：“所谓‘功名万里外’，是要跑到多远的地方？这些年，我跑了很多地方，几乎走遍了全世界。国内的话，最远跑到了新疆的库车县，我在那里看了大峡谷，很壮观。”

老妈一脸羡慕的样子，毕竟她也是热爱环游世界的人。有时，连我都觉得老妈嫁错人了，老妈应该嫁给李叔叔，这样就可以两个人结伴环游世界了。

“不过，那回我们的心事应该不止‘一杯’，到底喝了几杯？”老爸大口咬着铜锣烧的样子，看起来比我还像小孩。

“我记得那天你喝醉了。”李叔叔笑着比出十根手指头，“你差不多就是十罐啤酒的酒量。”

老爸难得地露出了害羞的表情。

“我大概就是因为不会喝，所以老升不上去吧。报社里跟领导们喝酒，都是一大杯一大杯干的。我每回没喝几杯就趴在桌上不省人事……”老爸啜了口茶，“升不上去也就算了，先是把我调来调去，叫我去做些不用大脑的事，最后干脆叫我滚蛋。这就是待了二十年的报社送给我的礼物。”

“达夫——”李叔叔唤了老爸的名字，“接下来有什么打算？老婆、孩子总要吃饭。”

“我正试着把这二十年来看到的大大小小荒唐事，写成一本小说。”老爸说。

原来，他每天抱着电脑，就是在写这个啊。

“然后呢？”李叔叔追问。

“是有几个想法，但还没有具体的计划。”老爸说。

老妈在旁边装作不在意的样子，慢条斯理地把铜锣烧的包装纸对折，打开，又对折。

一时间每个人都安静了，大家都在等老爸宣布他的想法。

“我想……去花莲开家民宿。”

我忍不住“哈”了一声，这个提案一定会遭到老妈的反对，她可能会站起来，瞪大眼，大声问：“开民宿有那么简单吗？台北的房子怎么办？还有，英雄上课的问题呢？”

老妈手上的动作却只是暂停了一秒钟，她旋即又开始对折包装纸。

“刚好这两天有一笔钱会汇回来，”李叔叔笑着说，“让我参与投资吧！”

“一波——”看得出来，老爸很感动。他伸手按住了李叔叔的肩膀。那大概是“谢谢”的意思。

“四十七岁还很年轻呢。”李叔叔说，“地球上还有好多地方没去过，也还有好多事情没做过。”

老妈淡淡一笑，收起铜锣烧包装纸，端起桌上的空咖啡杯问：“还有人要续杯吗？”

我……我不用续杯，我只想问——

老爸，真的要去花莲开民宿？

功名万里外，心事一杯中。

【原　　典】

送李侍御赴安西

高适

行子对飞蓬，金鞭指铁骢。
功名万里外，心事一杯中。
虏障燕支北，秦城太白东。
离魂莫惆怅，看取宝刀雄。

【今　　译】

即将远行的人在满天飘扬的飞蓬中扬起金鞭，跨上披着铁甲的马儿。愿你在万里外的边塞扬名立功；此刻，就让我们把心里的话，和着这杯酒一饮而尽吧。

我们将分别两地，你在燕支山以北，我却身处太白山之东的长安城。不要因为离别而惆怅啊，那把宝刀一定会大显神威，就像你有才能定会获得重用。

【赏　　析】

相近事物的类比，可以帮助读者理解作者想要表达的意思。本诗前两句用“行子”对“飞蓬”，展现出二者相似的漂泊感；“金鞭”对“铁骢”，则暗示了战事正急。诗人通过类比，使读者迅速进入作品情境，同时也暗中扣题：送行的我和即将远行的你，其实都是行子和飞蓬，离散人世间。

一驿过一驿，驿骑如星流

经过我实地的探访，花莲的民宿大多有一种假异国风……

真倒霉。

我没想过，老爸的人生原来跟我联结得这么紧密。

虽然他被裁掉了之后，我担心过以后没铜锣烧可以吃，但万万没想到，居然还会因此搬家到花莲。

上一次去，应该是在我小学四年级过生日的时候吧，老爸、老妈和我一起到海洋公园度假。那时候，我们住在豪华的面海套房，老爸带我搭云霄飞车，结果他自己怕得要死。不是我吹牛，那云霄飞车能整个儿翻过来，我真担心车子冲出轨道，直接冲进大海。

虽然我很紧张，但是我坚决不尖叫。

我还记得那天老妈也特别高兴，分我一边耳机听她最爱的乐队。不是Coldplay，因为老妈的“最爱”有二十几个吧。“谁说最爱只能有一个？每一个我都爱啊。”那一天她听的是一个日本乐队，名字太长了我也记不住，于是把它翻译成“使变扣扣粒粒蓝”。后来在饭店里，我还一时兴起帮那个乐队的MV设计了一张封面：一张白纸上画了七颗蓝色扣子，像星星那样发光，每一颗扣子都用虚线连接起来。老妈看完给了我一个“蛮酷的啊”的微笑。

晚餐时，老爸带我们到附近一家看起来很乡土的餐厅吃龙虾。虽然我们只有三个人，却点了满桌子的菜，大家都吃得很开心。第二天回台北的路上，我才知道，餐厅窗外那黑漆漆的一大片全部都是海。

海，好蓝、好大啊！

这就是我关于花莲全部的记忆。

自从老爸表露了要到花莲开民宿的想法，我原以为那好歹也是几年后的事情。那时候想必我已经长高、变帅，成为真正的英雄，可以保护老爸和老妈。万万没想到，老爸的行动力惊人。他先在网络上搜齐了资料，然后单枪匹马去了花莲三趟，最后一趟找了老妈同行，就把地点选定了。他把台北的房子卖掉，从银行里取了一笔钱，加上李叔叔的赞助，在花莲的美仑一带买了座别墅。

老爸滔滔不绝地给我们讲他的设想："经过我实地的探访，花莲的民宿大多有一种假异国风，在民房里面弄个像蚊帐一样的丝巾，挂几块色彩斑斓的布，就自称是南洋风；摆几套厚重的家具，放了几尊大理石小天使和玫瑰装饰的布灯，就号称是欧洲风。最让人不解的是，号称这样风、那样风的民宿，屋子里总是有非常传统的楼梯，装潢完全不搭。"

有鉴于此，他又有了另一个冗长的结论："所以，我们这个民宿啊，就是要强调一种放松的感觉。台湾就是台湾！我不想搞那种明明人在花莲，还要假装在泰国、巴黎或是巴厘岛的民宿。我们要尽可能提供宽敞、干净、舒适的住宿空间，在极简的陈设当中注入一点生活的温度，比如说，那个窗户，一定要让人家看得见中央山脉。那个被子，要简单一点，不要弄得那么复杂。那个早餐，不要规定人家用餐时间，是来玩，又不是来当兵的，还规定几点用餐？”

我和老妈在一旁连连点头称是。老爸没发现，其实我们一人一只耳机，在听老妈的另一个“最爱”的乐队——Placebo[1]。虽然英文歌我是听不懂，但是听主唱唱卷舌音好像也蛮过瘾的。

老爸还继续发表他的高见：“妈妈负责早餐。当然，早餐我们要提供中式和西式两种，因为我们的胃是国际化的。同时我也会买一部厢型车提供载客服务。打扫的部分，我不是那么在行，还是交给妈妈来负责，但是不用担心，如果英雄下课后不想念书，也可以帮忙端菜、扫地和倒垃圾……”

虽然主唱正唱到激动的地方，老妈却没有错过关键之处：“高达夫，早餐和打扫都由我来负责，那你负责什么？”

“呃，这个嘛，我呢，就负责回复客人的订房E-mail，为他们设计花莲的行程，让他们当两天一夜的花莲人！”

---

① Placebo：中文译名为“安慰剂”，英国的摇滚乐队，1994年组建。

我和老妈看着神采飞扬的老爸，无奈地交换了一下眼神，唉，就按他说的来吧。

装潢工作以飞快的速度完成了。一转眼，老爸和老妈已经将家里打包好，为我安排好了转学事宜，我糊里糊涂地坐在了老爸的车上。

我们一家三口，正式前往花莲。

后座塞着杂七杂八的东西，我的电脑，够穿两天的换洗衣物，还有上路前在便利商店买来的一大包零食和水。

阳光很好，非假日，车子开上了高速公路，转了一个弯又转了一个弯，穿过一个山洞之后又是一个山洞。偶尔我大喊着要尿尿，老爸就找加油站，很快我们就开上了苏花公路。

不是我爱夸张，真的就像开赛车一样刺激。弯来弯去的山路也就算了，最怕的是遇到前面有沙石车，它们庞大的身躯完全是怪兽的规格，卡在狭隘的马路上，令后面的车子很难超越。常常，必须等到一段较平坦的路程，后头的车子抓紧准确的时机，趁对面没有来车，一鼓作气地向前，超越它。直到下一次又被沙石车挡住，再一次想办法超

越。老爸希望在太阳下山之前离开苏花公路，所以马力全开，经过一个又一个的站牌。苏澳、南澳、武塔、汉本、和平、清水、崇德……老妈忍不住笑说，我们就像古时候的快马加鞭，“一驿过一驿，驿骑如星流”。

“一意过一意？”我问。

“驿就是驿站，相当于古代的邮局，是可以让骑马的人歇息、换马的地方；一个人骑着一匹快马，就叫作骑。据说唐朝政府官方规定，快马一天要跑180里，再快点能日行300里，顶级的马甚至可以日行500里。”老妈解释着，眼睛一亮，“说不定比高老爹这台新车跑得还快！你看岑参都把快马比作流星了。”

听起来很厉害的样子。不过，我其实没有办法想象那马跑得到底有多快，我只希望老爸快点开到花莲，因为我肚子饿得咕咕叫啦。

一驿过一驿，驿骑如星流。

【原　　典】

初过陇山途中呈宇文判官

岑参

一驿过一驿，驿骑如星流。
平明发咸阳，暮及陇山头。
陇水不可听，呜咽令人愁。
沙尘扑马汗，雾露凝貂裘。
西来谁家子，自道新封侯。
前月发安西，路上无停留。
都护犹未到，来时在西州。
十日过沙碛，终朝风不休。
马走碎石中，四蹄皆血流。
万里奉王事，一身无所求。
也知塞垣苦，岂为妻子谋？
山口月欲出，先照关城楼。
溪流与松风，静夜相飕飗。
别家赖归梦，山塞多离忧。
与子且携手，不愁前路修。

【今　　译】经过一个又一个驿站，快马如同流星一般；破晓时才从长安出发，此刻已经来到了陇山旁。不敢倾听那河水的声音，那湍湍流水更让我涌起离乡的忧愁。烟沙飞尘裹住了马儿的大汗，雾气和露气也凝结在我的皮裘之上。

由西方而来的是谁家的男儿？他说自己最近刚刚立功封侯，前月从安西出发，一路奔波无歇，只因安西都护尚未回到驻地，此刻犹在西州。

他还说，十多天才走过沙漠，由早到晚，狂风吹个不停。马儿只能走在碎石之中，马蹄都因此磨破流血了。如此远赴万里之外，并非不知道边塞辛苦，也不是为妻子儿女打算，只为对国家尽忠。

月亮从山的缺口冉冉升起，月光照亮了关塞的城楼。溪流和松涛在静夜中发出凄楚的声响。漂泊在外的人，只能依赖返乡的梦境支撑，山畔的边塞之地，总是充满离愁。让我们彼此携手，只要能为国家尽一份心力，就不怕前面的路途坎坷。

【赏　　析】写作时，夸张手法的运用可以为文章锦上添花。“一驿过一驿，驿骑如星流”两句，可能是诗人对快马奔驰的想象，也可能是故意用夸张的修辞手法来强调马匹速度之快。“陇水不可听，呜咽令人愁”两句，河水当然不会哭泣，但是通过拟人手法和夸张手法，离乡者心中的愁闷就有了最好的借喻。

一生大笑能几回，斗酒相逢须醉倒

我们是不是该感谢你被裁员？今天就好好喝个痛快吧！

真倒霉。

以前要是突然想喝可乐，从家里出发，走到便利商店不过两分钟。要是太闲，还可以再往前走一个路口，就会又有两家不同的店可以选择。而现在，就算我走得满身大汗，还是找不到便利店。要知道我可是个胖子啊，胖子怎能不流汗？

“你就是喝太多可乐才会胖。”老妈边说，边转身从冰箱里拿出被她称为“天然甜”的煮沸放凉的花莲自来水，“英雄，trust me[①]，连喝矿泉水都不用，你喝喝看，花莲的水真的很甜！”

水明明就没味道。我是胖子，又不是笨蛋！

---

① Trust me：相信我。

我只好跨上老爸的自行车，骑去街角买我最爱的可乐。便利商店在夜晚散发出无比亲切的光芒，不是我夸张，跟家人带给我的感觉好像啊。俗话说有备无患，我一次买了两瓶，下次要喝就可以少跑一趟了。

回到家，才刚把车停好，我就发现李叔叔来了。

李叔叔真不是盖的，虽然我们见面的场景已经从台北换到了花莲，客厅桌上却仍旧摆着我眼熟的——铜、锣、烧！为此，我绝对真心奉上“英雄式”的欢迎——紧紧抱住他。

老爸这个人一得意，脸上的笑意就忍不住从嘴角溢出来。他很得意自己打造了这个“民宿代表作”，把他的“花莲民宿之我见”一字不漏地复述给李叔叔，并邀请这位从头到尾都非常放任他的“合伙人”一起逛逛民宿。

首先是我们置身的客厅。老爸为了区分客人和家人活动空间，特地设计了两边开口。客人进来后，直接抵达一楼的接待处。第一眼可能会有点意外，因为所谓接待处看起来根本就像书房：一张大大的书桌，几把木头椅子，两个落地书架摆满了老爸所有的藏书。

“客人 Check in[①]的时候，需要桌子填写资料，晚上不想待在房间里，也可以到这里翻翻书、喝喝茶。”老爸像导游一样亲切地解释着。

和书房隔着一扇玻璃拉门的是我们的客厅，以及由院子连接过来的“家人使用出入口”。二楼也用玻璃拉门隔开厨房和餐厅，几张长宽不一的木头桌椅，搭配着温暖的灯光，客人和家人都可以在这里用餐。

三楼和四楼，共有五个房间，老爸和老妈占去其中一间。另外四间规划成客房，里面有些小细节是老爸的巧思，比如整片白色的墙上，用蓝色的漆涂出海洋；或是在挑高的窗边，挂着山脉造型的剪纸……整体风格简单利落。

老妈质疑老爸关心的重点总是和别人的不太一样。比如说，他强调为不同的客人准备不同的读物和音乐，放在房间里当作迎宾的心意。“这对一般人来说，真的有吸引力吗？”妈妈持续质疑。

老爸抓了抓头，说不出话来。

其中一间房，老爸原本准备空出来给李叔叔，要是他想来，随时都有落脚之处。因此在设计的时候，

---

① Check in：客人办理入住手续，填写入住表格。

全部采用李叔叔偏爱的黑色系，里面还挂了一幅他从前送给老爸的油画。不过李叔叔说：“我这几年很少待在台湾，特地空下一个空间太浪费，还是当成客房吧。我要是想来，会先上网跟你登记的。”

参观完每一个房间，还没介绍到的，当然就是我位于五楼的小阁楼啦。

一开始的时候，听说每天得爬五层楼，我马上哭丧着脸表示反对。但老妈冷冷地说：“不趁这机会多运动运动，以后怎么当乐队主唱？”

我正想反驳说，那个 Keane[①]的主唱不也胖胖的，但一想到那乐队并没有跻身老妈的二十几个最爱，就闭嘴了。

事实上我对这个小阁楼一见钟情。木头地板稳重地迎接着胖胖的我，床铺是接地式的，躺下来刚好可以看见一面大天窗。天气好的时候，可以看到一颗一颗的星星，好清楚啊。

李叔叔对民宿内部设计露出满意的微笑。老爸说：“最后，不能免俗地，还是要带你去看一下店家

① Keane：英国乐队，中文译名为“基音乐队”，乐队由主唱、键盘手和鼓手三人组成。

招牌……”

据说民宿的名字，老爸原本希望取为“边缘化”，以纪念他在报社被边缘化的人生经历；而老妈则希望取为“边陲地带”，别误会，这可不是她最爱的乐队名称，而是她实在有些嫌弃这边陲地带。

就这样，夫妻俩在房间里争执不下，最后依照“英雄模式”，各用彼此所想的其中一个字，就成了我们眼前所看到的、高高矗立着的两个写意的木雕字，在院子里被一盏灯照着——“边边”。

李叔叔望着“边边”笑个不停。

我们回到屋内，在二楼崭新的餐桌上，老爸打开他珍藏的葡萄酒，对李叔叔说：“一波，一生大笑能几回，斗酒相逢须醉倒。”

“没错！”李叔叔说，“回想起来，已经好久没有这么值得开心的事了。我们是不是该感谢你被裁员？今天就好好喝个痛快吧！”

他们喝酒，我喝我大费周章买回来的可乐，还是忍不住想：为何李叔叔看到“边边”会笑个不停呢？我猜如果不是因为他觉得那听起来太像“便便”，就是他真的很赞赏吧。

一生大笑能几回，斗酒相逢须醉倒。

【原　　典】

凉州馆中与诸判官夜集

岑参

弯弯月出挂城头，城头月出照凉州。
凉州七里十万家，胡人半解弹琵琶。
琵琶一曲肠堪断，风萧萧兮夜漫漫。
河西幕中多故人，故人别来三五春。
花门楼前见秋草，岂能贫贱相看老？
一生大笑能几回，斗酒相逢须醉倒。

【今　　译】弯弯的月亮爬上了城墙，夜晚的凉州被照亮。凉州边城南北七里，住着十万人家，胡人们用琵琶演奏出哀凄的乐曲，空旷的边塞风声让夜晚更加漫长了。我曾驻守亦称为河西的凉州，因此有很多老朋友在这儿，一晃也三五年没见了。时光飞逝，花门楼前又是深秋草黄的时节；岁月催人，我们总不能一辈子就这样贫贱到老吧？一辈子能像这样放怀大笑的场合能有多少呢？难得重逢，我们不如把酒干了，不醉不归！

【赏　析】文字具有音乐性，押韵、标点符号的使用，都可能让文字富含节奏感。顶真的修辞手法也是增强文字音乐性的方式之一。“弯弯月出挂城头，城头月出照凉州。凉州七里十万家，胡人半解弹琵琶。琵琶一曲肠堪断，风萧萧兮夜漫漫”几句便运用了顶真手法，读起来绵长悠缓。

五月天山雪，无花只有寒

大片大片绵延不断的雪，铺满了远远近近的山脉。

真倒霉。

我一向不爱体育课，想必你们也知道的——胖子怕流汗。一动我就满身大汗，狼狈得要命。偏偏我转学到花莲的这所初中是以足球闻名的。

每到体育课，讲到其他的球类运动，大家都无精打采，一说到踢足球，同学们眼睛就亮了，尖叫声比演唱会现场的还疯狂。

我只对铜锣烧有同等的热情。噢，还有可乐。没了。

但是人在江湖，怎么好意思说：“你们慢慢玩，我在旁边看就好。”

老师很快就为每个人分配好各自的角色。依照战力等级，从球员、守门员、裁判员、替补球员，都一一安排妥当了，我还晾在一旁。老师的眼神终于落在了我身上，他迟疑了两三秒，为难地开口了:“嗯……高英雄，你……就当巡边员好了。”

巡边员?

“就是协助裁判员的角色啦。”旁边的虾帅看我呆头呆脑，忍不住解释，“每场比赛应委派两名巡边员，他们的职责应该就是看球是否出界成死球，还有……嗯……该由哪一队踢角球、球门球或掷界外球……他们还要协助裁判员按照规则控制比赛。”

虾帅之所以被称为虾帅，就是因为他很“瞎”又很“帅”，虽然人长得不赖，但眼神特别不好，他嫌“瞎”不好听，又喜欢吃“虾”，于是就叫“虾帅”了。他的另外一项特长是背东西，如果有记忆力比赛，我一定会帮他报名。虾帅对足球规则如数家珍，语文课文和历史背得滚瓜烂熟，更夸张的是，他闲来无事甚至会打开 Google 的电子地图，根据当天的心情，挑一个城市，背城市街道图！因此虽然他台北、高雄、屏东都没去过，但是你如果要问路，找他就对了。

巡边员？该不会是中了老爸跟老妈的“边边”魔咒吧？

真是够倒霉的了。

五月的花莲，太阳已经不算亲切。我跟着大伙儿在球场上跑来跑去，一心希望飘来一朵好心的云，把热辣的阳光稍微遮一点。我一边跑，一边听着同学们投入的吆喝声，全副心思都在天上，好希望能发挥念力：变天吧！下雨吧！让体育课停止吧！

阳光使我头晕目眩，几乎就要闭上双眼的刹那，我居然被球击中了！

砰的一声，球从我的左侧擦过，我整个人往地上栽，我的半边身体将要与球场草皮相撞——

奇怪的事发生了，我的身体，好像变成了空气，虽然保留着人的形状，但既不是固体，也不是液体，我就那样轻飘飘地穿过了草皮，整个人往地心坠落。

虽然我不爱读书，但也知道地核的温度将近五千摄氏度。我这样坠落，总会掉到最滚烫的核心部分吧？如果我真的掉到那边，我会被烫死吗？我这么肥，肯定会变成梅花猪肉锅的。我都还没有长高、变帅，难道我这个英雄就要气短了吗？

我的胡思乱想还没有结束，我就听到咚的一声，感觉自己的身体坠落在一片冰冷的东西上。

不是很痛，大概就跟从床上掉到床下差不多。

我还来不及反应，一睁开眼，就被眼前的风景吓到了。

大片大片绵延不断的雪，铺满了远远近近的山脉。一眼望过去都是山没错，但远看只剩下高低起伏的剪影。雪是那种最白的白，这种白，好像一句由最凶的老师口中所说出的最温柔的话，你看着它，感到恐惧，又觉得是那么不可思议。

我就这样看着，一直看着。几乎忘了几分钟前我还在咒骂太阳，还在绿油油的草皮上奔跑。

我正打算哭着喊老妈来救我，却因为过低的气温，忍不住先打了个喷嚏。

一眼望去，除我自己，没有其他任何东西。

我不是被球撞了吗？为什么会来到这里？这是哪里？

我渐渐被恐惧支配，连大声求救的欲望都没有了。这一大片望不到尽头的白都是雪！好冷，我又打了个喷嚏。不知呆坐了多久，我决定起身走走看，但是我的脚深深陷到雪里面，寸步难行。更糟的是，可能因为太冷了，我开始出现幻听。

不晓得哪儿来的笛声，忽远忽近，吹着我没听过的曲子。

我屏住呼吸，希望能找出笛声的主人，但是那声音忽然就断了。我正万念俱灰，那声音又扬起来了。然而我已经没有力气了，只穿着单薄的运动服，就算我是个小胖子，脂肪再厚也于事无补。我就算想动也动不了了，整个人无力地贴在雪地上。再见了，世界！再见了，铜锣烧！再见了，老爸老妈！

能这样离奇地死去，也算是英雄了吧？

我试着模仿电影里面的英雄，嘴角保持着一抹似有若无的微笑，静静地闭上了眼睛。这样万一有救援队经过，拍起来会比较好看。

当我的假笑也快被冻僵时，突然有一双温暖的手，轻轻地拍了拍我的脸颊。我想睁开眼睛，却怎么也睁不开，只感觉到有人将我拉了起来……

再次醒来时，我已经在一间小木屋里了。

一个看起来跟我年纪差不多的男孩正煮着一锅热汤。好香！

“你上山做什么？”他问。

“你上山做什么？”我一时无法理解这句话的意思，也不知该怎么回答，我竟只能跟着他的话复述一遍，希望他不要误以为我是鹦鹉。我慢慢地整理思绪，我上山做什么？我哪上山了？我明明是在上课。我在上体育课啊，踢足球，球踢我，我坠落，就来到这里了。

“足球？”他问。他说话很简短，声音听起来细细的。

我解释着一大堆人踢着一颗球的画面。

“嗯，蹴鞠。”他说。

“出局？”我不是出局，我是巡边员啊，一直在边儿上。但我没有力气解释了。

即便掉到这个一眼望去只有雪的鬼地方，我也仍然是个胖子，胖子就是容易肚子饿啊，他会给我汤喝吗？

“你来采花？”他说，“五月天山雪，无花只有寒。”

我……我不采花……我从花莲来。我在踢足球啊，我刚才不是说过了。而且什么是五月天山雪？五月的花莲明明就很热，木瓜山也不下雪吧。

“方才便是在天山。”他终于开始舀汤了，“没读过李白的诗？笛中闻折柳，春色未曾看。”说完，他把碗递给了我。

我捧着汤碗，好温暖啊，我愿意推翻我只对铜锣烧有同等热情的成见。噢，还有可乐！

“在边疆是看不到春天的，人们只能在笛声里回味。”他意味深长地看了我一眼。

我喝着热汤，心里有种不祥的预感：“你是说，这里是‘边疆’？”

他自顾自喝着面疙瘩汤，没再理我。我心里则堆满了问号：“边疆”在哪里？是一家新开的民宿吗？离“边边”很近吗？我……被绑架了吗？

五月天山雪，无花只有寒。

【原　　典】

塞下曲六首·其一

李白

五月天山雪，无花只有寒。
笛中闻折柳，春色未曾看。
晓战随金鼓，宵眠抱玉鞍。
愿将腰下剑，直为斩楼兰。

【今　　译】五月了，天山仍被雪覆盖着。没有花的踪影，只有无尽的寒冷。寒风中传来《折杨柳》的凄凉曲调，这边疆是看不到春天的，人们只能在笛声里回味。白天在战鼓声中随军作战，夜晚即使睡觉，也抱着饰有玉佩的马鞍，随时备战。人们愿意像汉朝使节那样，用腰间的佩剑砍下楼兰王的首级，鞠躬尽瘁，死而后已！

【赏　　析】在创作中，使用典故是常用的方法之一，典故有时是名人说过的金句，有时是成语故事，有时是脍炙人口的民间传说。根据《汉书·傅介子传》记载：汉朝时，楼兰王曾杀死汉朝使节，傅介子奉命出使楼兰，楼兰王贪图他假装要献上的财物，被他诱骗到幕帐中杀死，傅介子最后带着楼兰王的首级返回中原。诗人借这个典故向读者传达了他蓬勃的爱国热情。

第二章

到处存在的“边边”，到处不存在的我

大漠孤烟直，长河落日圆

只要一思考，我就觉得饿，全天下的胖子都这样吗？

真倒霉。

睁开眼睛前，我在心里拼命祈祷，如果不是躺在学校的保健室，至少让我看见家里小阁楼外头那一片花莲的天空吧！但是，当我偷偷睁开眼睛的细缝，从余光中一瞥，我马上就发现，我仍然身在“边疆”，而非“边边”！

好吧……我坐起身子，身上一块类似皮草的毯子滑落，难怪我睡梦中感觉好温暖，一点也不冷。昨天救了我，又煮面疙瘩汤给我吃的男孩还在。

他正在纸上画图。我凑过去看，只见图上画着一条弯弯曲曲的河，浑圆的夕阳将天地染红，远处有一道长烟，直直地指向天空。

“你在画什么？”我忍不住问。

这里到底是什么鬼地方，接下来我该怎么办？

小木说花爷爷病了，所以他一个人来天山采雪莲花回去给花爷爷煎药。小木还说，安禄山可能会使国家发生一场大动乱，大家的日子越来越不好过了。

我本来以为安禄山是一座山，过了一会儿，才猛然想起，虾帅跟我聊天时，曾提到杨贵妃帮安禄山洗澡的故事。他的重点是，一个很胖的女人帮一个很胖的男人洗澡有点儿搞笑，我却因为“胖”这个字觉得一点儿也不好笑。

不过也因为故事里出现了两个胖子，我才记得他说那是唐朝发生的事……等等，唐朝？

我马上在心里面默诵历史老师教的口诀：黄帝唐虞夏商周，秦汉魏晋南北朝，隋唐宋元明清……因为念得太快了，我又倒带了两次，才终于搞清楚，唐朝应该是很久很久以前吧。到底有多久，我也不确定。要是现在有手机，就可以马上查一下了。

可是现在有什么？放眼望去，一间空荡荡的屋子，除了一张床、一张桌子，其他什么也没有。小木看了我一眼说：“你这衣服挺特别，没见过。”

说的也是，我穿着21世纪的中学生运动服，怎么能不特别？

“大漠孤烟直，长河落日圆。”他回答。

看我没什么反应，他又说：“王维被派去慰问边疆的部队，沿途看到这样的风景，把它写成了诗。”

“你好有学问。”我发自肺腑地赞美他。

“还行。”他冷冷地回答。

他虽然口气冷淡，但其实是一个温柔的人。

要不又何必把我这样一个胖子辛辛苦苦地背到这间木屋呢？还又是煮汤，又是盖被的。想到这里，我忍不住要流下一滴“英雄”泪。可惜虾帅不在，要不然问他天山在哪里，边疆在哪里，应该就可以像卫星定位系统一样，找出我的地理坐标了。

男孩只告诉我他叫小木。他穿着轻便的衣服，看起来像古装，外面罩着兽皮——所谓“边疆”，会不会是某个拍片现场？

我从窗口向外看，仍然是昨天见过的雪山风景。天气很好，太阳高高挂着，但地上的雪一点都没有融化的意思。记得第一次看到雪，好像是和老爸老妈一起去北海道旅游。我当时简直兴奋到爆炸，穿着厚厚的外套，胖上加胖。我们一起堆雪人，老爸还租了小雪车，可以坐在上面，由高处往低处滑。

想起那时候的画面，我突然有点想家了。

重点是，我怎么会来到这里？我被球打中，身体歪倒，整个人往地面跌落……然后我就到这里了。天山，边疆……真不可思议啊。我整颗心突然乱了起来，肚子又有点饿了。只要一思考，我就觉得饿，全天下的胖子都这样吗？奇怪的是，小木好像特别善解人意，望着我说：“你饿了吧？”

我保证我的肚子没有发出咕噜咕噜的声音。

吃着他递给我的面饼，我思绪万千：首先，我没有钱，钱包放在教室里。就算有带钱包来，唐朝人也不用台币吧？其次，我不认识路，要是台北我还能应付，花莲也勉强可以，但这里是天山啊，我有办法走回家吗？最后，我想出一个下下策，就是想办法再跌一次。假装有一颗球从远方飞过来，假装被打中，然后假装整个人跌到地上——说不定我就可以跌回足球场了！

想到这里，我变得很兴奋，忍不住在心里夸奖自己：英雄我人虽胖，脑子还是挺灵活的！因为有了好法子，我咀嚼面饼的节奏也变得轻快起来了。心情一轻松，我感觉这面饼吃起来还挺香！

真是太感谢小木了！等我回到花莲，我一定会告诉虾帅，全唐朝最善良的人，就是一个叫作小木的男孩！

吃完面饼，小木说他得出门再去找找雪莲花。花爷爷的病情不轻，尽快找到早开的雪莲花，才能早些治病。“就怕花爷爷等不及了……”小木的声音越来越小。

听见他这么说，我突然好难过。我没有跟爷爷奶奶相处的记忆，他们都在我很小的时候就过世了。但是老爸或老妈任何一个生重病，我大概也会不知所措吧。

我几乎就要跟小木说：“我陪你一起去找吧。”但随即又想到，如果我不趁他离开，试试再跌一次，说不定就永远回不去了。那样的话，老爸和老妈应该会很着急吧！于是，我忍住了原本要说的话，骗小木说：“我头好痛，我自己在这里休息一下。”

小木没有怀疑，拿上工具，掩门走了出去。

他一出门，我就马上爬到床上，站得高高的，想象有一颗球被踢得很远，突然击中我的头——我整个人弹起来，往地面一跳，在心里期待着，自己的身体也会像上一次，空气般穿越地面——然而，我却重重地摔在地面上。“痛！”痛到我忍不住大叫了一声。我试着用手撑起身体，想坐起来。不知哪儿来的一阵风，卷起了小木放在桌上的画，画纸在空中转了两圈，落在我眼前。

小木的画，看起来好简单，又好感伤。

大漠孤烟直，长河落日圆。

我忍不住哭了起来。

大漠孤烟直，长河落日圆。

【原　　典】

使至塞上

王维

单车欲问边，属国过居延。
征蓬出汉塞，归雁入胡天。
大漠孤烟直，长河落日圆。
萧关逢候骑，都护在燕然。

【今　　译】只身前往边关慰问部队，身为使臣的我，驱车经过了西北的居延。蓬草随风飘出了汉代即已设置的边塞，归返的大雁振翅飞入胡地高阔的天空。

浩瀚的沙漠上，一道狼烟笔直地升起；悠长流淌的黄河边，落日显得格外浑圆。到了萧关，没遇到首将，却碰到了侦察骑兵。方才知晓，战事未了，都护仍在燕然前线。

【赏　　析】苏轼评价王维的诗“诗中有画，画中有诗”，王维自然是寓情于景的高手。王维在这首诗中就非常高明地示范了如何寓情于景：自己被排挤于权力之外的孤独，与大漠中一道独自燃烧的狼烟何其相似？而一心祈愿战事平息、世事圆满的心情，不也正像一枚落日一般浑圆？

虏酒千钟不醉人，胡儿十岁能骑马

马儿的四蹄加快速度，踢踏奔驰着，我仿佛可以感觉到冷风擦过头发的声音。

真倒霉。

我在确定自己无法离开天山的事实之后，只好在屋子里呆呆等着。在等待小木的空当，我忍不住埋怨起老爸来——要不是他刚好被裁员，要不是他刚好决定要搬到花莲，要不是我刚好转学到一所热爱足球的初中，要不是我刚好被足球砸中……人生真的是由一连串的“刚好”组成的。

大概到了午餐的时间，外出寻找雪莲花的小木终于回来了。我赶紧从床上站起来。

他看着我，摇了摇头。

我看见他双手空空。

我们同时叹了口长长的气。

还好，小木并没有因此不做午餐，要不然我又要哭了。只见他到外面的雪地里拿出藏好的肉，生了火，不一会儿就炖好了一锅香喷喷的肉。真是太厉害了。因为我很贪吃，所以称得上是一名小小的美食达人，我不得不说，这绝对是我吃过的最好吃的炖肉！一边嚼着美味的肉片，脑子一边飞速转动，心里不断挣扎，该怎么对小木解释我不是唐朝人的事实；他知道了真相会怎么做，被我吓死，还是从此不理我。

炖肉还没有吃完，我就把碗放下来，我不得不说这还是生平第一次。我鼓起勇气，像电视上准备要告白的人那样，对小木说："其实……我来自未来。"

"未来？"可能因为太意外，小木也变成了一只鹦鹉。

"一个相对于现在，还没有到来的世界——还没有来，就是未来。"我在这么解释的时候，突然觉得自己也蛮有诗意的。

"你是说，你来自明天？"小木睁大了眼。

"不，不是明天，也不是后天，更不是大后天。我来自很久很久以后。"只可惜小木没看过《哆啦 A

梦》，不然我就可以用“时光机”来做比喻了。不过，这也是废话，如果真的有时光机，我还担心自己回不去吗？

“借我摸一下。”话才刚说完，小木就用手紧紧箍住我肥胖的手臂。

“哎哟！”我痛得叫出声。

“你是真人没错。”他凑近了我，端详着，“但，你来自未来？”

“少说也隔了一千多年吧。”我说。

“一千年之后有什么？”小木又问。

“有的可多了！到处都是盖得很高的房子，天空有飞机，海里有潜水艇，家里有电视……”话还没说完，我就后悔了，干吗举这些例子啊，我根本没办法跟他解释什么是飞机、潜水艇和电视啊。

“什么是电视？”他果然问了，还好只问了这一个。

“一个长长、扁扁的东西，里面有很多节目。有人在唱歌、演戏，也有人教你怎么做菜。”我本来还想提卡通，为了不自找麻烦，就算了。

“那些人都是鬼吗？怎么能全挤进那一个长长、扁扁的东西里头？”小木一脸不可思议，这似乎超出他的想象范围了。

“他们不是鬼……”天啊，我该如何向一个唐朝人解释各个电视台会先制作好电视节目，然后用有线频道播送？

“或者，其实你们只是在做梦？”小木的眼睛一亮，想起了什么似的，“那些唱歌、演戏的，都是你们梦里的人？”

“呃……虽然我老爸偶尔会在电视机前睡着，但是大多数的人在电视机前都是清醒的。”

“那就对了！一个长长、扁扁的东西，人本来是清醒的，看着它就睡着，还会做梦，这东西我们也有啦，叫作枕头。”小木终于松了口气。输人不输阵，大概输给21世纪的人很没面子吧。

我决定放弃解释，先吃炖肉比较重要。

吃完午餐，我又将自己因被球砸到，而意外来到天山的经历告诉小木。不是我自夸，回溯完一长串的“心路历程”后，我真的觉得自己表达得太好了！

而小木果然没有辜负他“全唐朝最善良的男孩”的封号，马上安慰：“别担心，等我找到雪莲，带你回去见花爷爷，花爷爷懂的事情多，一定有办法帮你的。”

要不是我天性害羞，我真想要紧紧拥抱小木。如果不是因为他，我自己能在唐朝生存下来吗？估计半路就被当作小乳猪烤了。

告诉小木真相后，我也安心多了。于是，穿上小木借我的皮裘，我也试着出门帮他找雪莲花。

过了几天，小木终于找到了他寻觅多时的雪莲花！

“其实再过一阵子，整片天山积着雪的岩缝都会开满雪莲花，只怕花爷爷的病不能等。”

我看着他手中捧着的雪莲花，好漂亮，比我见过的所有花都更漂亮！比我想象中大，分不清是花瓣还是叶片，整朵花是淡淡的白色和绿色，看起来很珍贵的样子。我忽然想起搬家后，老爸在“边边”的院子里种了一棵鸡蛋花，蛮美的；花莲种有很多面包树，样子也蛮特别的……唉，我又想回21世纪了。

“事不宜迟，我们快出发吧。”小木稍微整理了行李，将雪莲花护在胸前，牵来屋旁拴着的马儿，轻轻纵身一跃就上了马，对我伸出手：“来吧！”

我迟疑了。我人生中唯一一次骑马，应该就是老爸、老妈带我到走马濑农场去玩的那次，看见有迷你马可骑，便问我要不要骑。其实我根本不想骑，但我这个人的缺点就是好说话，我知道老爸很希望我骑，就答应了。不知道是否因为我太重，那匹小马根本不想走，一直踟蹰不肯移动，偏偏老爸又凑在旁边拍照：“英雄，笑啊！”我一个重心不稳，差点跌下来。老爸按下了快门，留下一张我和马的脸都很臭的照片。

于是，我虽然上了马，但童年创伤还在。看小木气定神闲的样子，我忍不住说：“你好厉害，这么小就会骑马。”

“这有什么。”小木说，“虏酒千钟不醉人，胡儿十岁能骑马。虽然我说的是东北边塞的情况，但我们西北边疆的少年也本来就爱骑马打猎，小时候巴不得自己快点长大，我也是求了花爷爷好久，花爷爷才肯答应让我骑马。”

小木好像很喜欢用诗句来解释事情，难道唐朝的人都这么有学问吗？

我还没来得及再问，小木便用脚夹紧了马肚，马儿的四蹄加快速度，踢踏奔驰着，我仿佛可以感觉到冷风擦过头发的声音。

我们很快就将天山远远抛在身后了。

虏酒千钟不醉人，胡儿十岁能骑马。

【原　　典】

营州歌

高适

营州少年厌原野，狐裘蒙茸猎城下。

虏酒千钟不醉人，胡儿十岁能骑马。

【今　　译】东北边塞营州的少年惯爱原野生活，穿着蓬松的狐皮袍子便在郊野打起猎来。当地自制的美酒，他们就算喝了千杯也毫无醉意；因为尚武的风气盛行，这些少数民族的孩子，哪怕只有十岁也能骑马驰骋呢。

【赏　　析】写作时，该如何挑选适当的意象来说明想表达的内容？诗人很聪明地把“原野”“皮裘”“虏酒”“骑马”等关键词放进这首充斥着民歌风味、赞美胡儿精神的诗中。虽然整首诗没有正面描写边疆少数民族少年对武术与打猎如何痴迷，读者却可以在他勾勒出来的画面中感受到边疆少年的虎虎生气。

惆怅孙吴事，归来独闭门

花爷爷留着胡子，穿着飘逸的古装，一见到小木，便开心地紧紧拥抱住他。

真倒霉。

马儿飞快地奔驰着，眼前的风景也渐渐令人晕眩起来，好不容易经过一座城市，本以为小木会稍微休息一下，好歹也让我这个“边边”来的人，见识一下“边疆”吧。但大概是希望能加快运送雪莲花的速度，小木眼没眨，头没歪，直直地往前方前进。好吧，我老实说，是我肚子饿啦。路边有家卖烤包子的店，包子味好香啊，况且这可是烤包子啊，我在花莲都没吃过。

然而，英雄在下我，岂是如此贪吃的人？

呃……好像真的是。我吞了吞口水，不敢出声。小木虽然专心骑着马，却像会读心术，转头大声对我说：“再忍忍，回家吃花爷爷煮的大餐。”

就这样，我穿着皮裘，跟着一个叫作小木的男孩，一路从天山骑着马奔腾不歇，也许是因为离天山远了，一路天气渐渐恢复成五月应该有的温度，半路上我们脱下了皮裘，再往前，我简直以为回到花莲了——也太热了吧，我又变成了一个汗如雨下的胖子。以前听人家说“汗马功劳”，汗和马都有了，功劳应该也快点出现才好。

我的手表似乎在我被球撞到、跌落地面的那一瞬间坏掉了。但是根据我这几天的观察，“边疆”天色暗得比较晚，白天特别长。

接连赶路，我们终于赶在天黑之前到达了小木的家。

准确地说，我们到达了一座大城堡。

整座城建在悬崖上面，如果只是走在外头，肯定无法知道城墙里的生活。守城的人似乎也认识小木，没怎么盘查我们，就点点头让我们进去了，感觉比 21 世纪的交警还亲切一点。

“居高临下，可攻可守。”大概是看我一直望着高高的城墙，小木这么对我解释着。

“可攻可守？”我还搞不清楚状况。

“战争哪。”小木的口气好成熟，“什么时候会发生战争，都是不知道的。”

战争？我赶紧闭嘴了。那不是会有人死掉吗？

一进城门，映入眼帘的是一条又长又宽的大道，把整个城分成东、西两边。据小木说，路的北端盖有许多寺院，而东南方则有一座宏伟的大宅院，是安西大都护府。路东侧是军营，西边则有许多作坊，西边好热闹，纺织的、酿酒的、做鞋的，干什么的都有，人来人往，我简直像走进古装剧拍片现场那样，看傻了眼。好怕下一秒就会有一个导演走出来大喊：“停！重来，这一段重拍一遍。”

小木带我回到他的家。

这几天在天山相处的日子，我已经知道，小木的爸爸妈妈在一次意外中过世了，只剩下他和花爷爷两个人相依为命。花爷爷年纪大了，全身莫名地怪痛，听大夫说，可以用雪莲花解毒祛痛，所以小木才坚持一个人上山找雪莲花。以前花爷爷常带他上山野营，所以他对那里的物候、环境都很熟悉，这一路才这么驾轻就熟。要是真能治好花爷爷的病，那可比什么都重要。

小木还说，自己并不算边疆这一带的游牧民族，花爷爷似乎也是从别处迁居来的。“那到底是打哪儿来的？”我忍不住问。他说花爷爷去过很多地方，什么宋中、孟诸、铁丘，可惜我一个都没听过。但这不能怪我吧，如果我跟他说老爸带我去过的左营、雾社、寿丰，想必他也会一头雾水的。

老实说，原本我以为回到家，会上演一出亲情大悲剧：一走进房间，发现花爷爷躺在床上咳个不停，咳呀咳的，还咳出一口血。小木连忙抛下雪莲花，跑过去摇着他说：“花爷爷，您醒醒啊，我是小木，我带雪莲花回来见您了啊——”

我电视剧看太多了……

在现实生活中，不，在现实的唐朝生活中，花爷爷能走、能动，还能照料自己，只是怪痛来得莫名其妙，让一向硬朗的他第一次愿意承认自己病了，也正因为这样，小木才格外担心。

花爷爷留着胡子，穿着飘逸的古装，一见到小木，便开心地紧紧拥抱住他。

我想，花爷爷一定担心得要命吧。其实，我也担心得要命，不知道他能不能接受我这个来自21世纪的胖子。

我烦恼的问题还没来得及发生，花爷爷就忙着张罗食物给我们吃。小木说得没错，好丰盛的一餐！烤肉、米肠子、面饼，还有奶茶和葡萄酒呢。我完全发挥出实力，将食物吃得一干二净，英雄在下我的辞典里，没有“浪费”这两个字。

花爷爷好像很欣赏我吃东西的样子，连连说：“好、好！就该这样！我们家小木就是胃口差了点，难怪瘦巴巴的。”

小木何止是瘦巴巴，他那张比女孩子还精致的脸，如果放在21世纪，还蛮适合当个花样美男的。我敢保证，他要是21世纪的人，一定会被挖去当明星，还会上演本来只是陪我去试镜，结果却被导演一眼看中的戏码。

吃完大餐，我说出了心中的好奇：花爷爷去了这么多地方，为什么最后选择了“边疆”居住？

花爷爷喝了一大口葡萄酒，淡淡地说：“惆怅孙吴事，归来独闭门。”

这一秒，我完全不怀疑眼前的这两位是祖孙，他们真的都很爱用诗来回答我的问题啊！哼，以为我听不懂吗？

好吧，我真的听不懂……

小木很了解我，帮我解围："花爷爷是感叹自己曾经有机会像孙膑和吴起那样发挥长才，为国家尽一份心力，但终究因为人生际遇的关系，没有办法照自己所想的来做，只好定居在这安宁的边疆，不再理会外头的风风雨雨。"

这一躲，躲得可真远啊。

望着花爷爷，不知为什么，我突然想起了老爸。想起他刚被报社裁掉时，整个人趴在电脑前面写个不停的身影。记得他说，他要把二十年来看到的大大小小荒唐事，写成一本小说。那种心情，是否也是"惆怅孙吴事，归来独闭门"？

看着一杯接着一杯"乎干啦"[①]的花爷爷，我开始想念老爸了。

---

① 乎干啦：台湾当地人请客劝酒的一种方式。

惆怅孙吴事，归来独闭门。

【原　　典】

蓟中作

高适

策马自沙漠，长驱登塞垣。
边城何萧条，白日黄云昏。
一到征战处，每愁胡虏翻。
岂无安边书，诸将已承恩。
惆怅孙吴事，归来独闭门。

【今　　译】我从塞外的沙漠策马归来，一路远行无阻地登上了长城。从边界上远望蓟城，它是如此寥落萧条；太阳被黄云遮蔽，大地显得暗淡无光。

每当我来到征战的地点，总忧虑边疆的少数民族会叛离作乱。面对这种险恶情势，难道我没有如何安定边境的谏言吗？无奈某些将领已获得皇帝的宠信，我的谏言没有被采纳。

只恨我不能像孙膑、吴起那样施展军事才能，还是谢绝世事，回家闭门独处吧。

【赏　析】在边塞诗中，除了描写塞外风光的作品，也有不少诗作传达出诗人对政治的关注和对国家命运的忧虑。这首诗便结合了二者。诗人送兵到河北，返回蓟中时，先写萧条冷清的边城景色，随即笔锋一转，带出自己不得意的愤懑，也才有了结尾两句的不如归去之叹。

火云满山凝未开，飞鸟千里不敢来

我拍拍胸脯，就让我来充当一次快递小哥吧！

真倒霉。

我正开始觉得有点享受当一个唐朝人的生活时，战争却爆发了。

借住在小木家的日子，始终找不到一个合适的机会，告诉花爷爷我来自 21 世纪。花爷爷只当我是小木在天山认识的朋友，热情地招呼我：“英雄，你饿了吧？”“英雄，尝点新鲜水果？”“小木，带英雄去附近逛逛呀。”害得我都不好意思了，好像我真的是凯旋的“英雄”似的。

说真的，唐朝蛮棒的啊。

我跟小木上街，街上人来人往的热闹景象，完全不输台北的。不时有优雅的女子从身旁路过，她们跟我一样，长得比较“丰满”；有的女子还骑马呢，戴着一顶高高的帽子，帽檐有薄纱垂下来，非常优雅的样子。我们偶尔也会和军人擦身而过，他们身披华丽的铠甲，头上戴盔，骑着马的英勇模样，非常帅气。

到处都可以看到马，有的壮些，有的瘦些，大家也都习以为常。后来想想也是，现代人在马路上看到汽车、摩托车也不会觉得奇怪呀。而且有马在走的道路，可以说是正宗的“马路”呢。

小木还带我去买一种梅花状的点心，里面包着甜甜的馅，吃起来有点像日本的和果子[①]，只可惜没有我最爱的铜锣烧，要是有机会可以请小木吃铜锣烧，该有多好！小木应该也没喝过可乐吧？

更棒的是，花爷爷服了雪莲花煎制的药，怪痛的症状减轻了，小木也蛮开心的。我看他心情不错，一向识时务的我，赶紧问上次没来得及开口的问题：“唐朝的人都这么有学问吗？”

小木听了，扑哧一声笑出来，脸颊红彤彤的，比我们班上的女生还可爱。

他反问：“你才认识没几个人，怎么就觉得唐朝人

---

① 和果子：日式点心的统称，种类非常多，一般有团子、麻糬、馒头、铜锣烧等。

学问好了？”

说的也是。我只好挠了挠头说：“因为你们动不动就念诗啊。要知道我们那个年代的人，没事在生活里面念诗的话，会招来很多异样眼光的。”

“在唐朝，能识字的人没有不读诗的吧。”小木一脸觉得我很怪的模样，“从皇帝到百姓，但凡识字，大家都爱诗，科举考试也考诗，诗还可以跟歌结合在一起唱，不夸张地说，诗就是生活的一部分。”

我赶紧点头。

小木接着又说：“我还听过一个故事。有个仆人，他家的主人对他很刻薄，大家都劝他尽早离开，另外再找一位好主人，他却只是淡淡地说：‘我不想离开我家主人，因为他的诗写得实在太好了……’”

我没继续点头，因为我呆住了。

换作我应该只会对大厨师这么死心塌地吧。

就这样，我开始了唐朝的新生活，还暗暗地想，说不定我也能成为一个诗人？没人说胖子不能写诗吧？

然而这年（755 年）冬天，战争却爆发了。我不禁想起之前小木说的“什么时候会发生战争，都是不知道的”。

确实如此，战争说来就来。好像就是那个安禄山搞的鬼。真没想到，我这趟唐朝之旅还真充实，连安禄山都能跟我扯上关系。

战争爆发后，空气都变得不一样了。

先前那种悠闲的气氛一扫而空，我更不知道该怎么对花爷爷说出我的秘密了。我尴尬地过着日子，反正既不用考数学，也不用上最痛恨的体育课，除了挂念老爸、老妈，还有李叔叔和他的铜锣烧之外，生活并不算无聊。

偶尔和小木在房间里玩玩围棋，或是帮他一起做饭，一时兴起，还会去坎儿井远足。所谓“坎儿井”，就是当地的人为了对抗干旱，挖出竖井和地下水道，将天山的雪水引到农田和屋旁，给人们使用的水利工程。不得不说，这个工程设计得真的很高明。

转眼到了第三年五月。这一天，花爷爷突然将我找去，对我说：“英雄，花爷爷有一件事想拜托你。”

好紧张，花爷爷要拜托我，该不会是找我去挖井吧？

英雄在下我，有生以来，从来没有被拜托过，可能大家觉得胖子不可靠，总是跳过我，不会要我担任什么重要的工作。老爸和老妈也很保护我，除了拜托我“少吃一点”，不曾真的拜托过我做点什么。

花爷爷的话不禁让我挺直了肥嘟嘟的身躯，用最闪亮的眼神对他说："您尽管说。"

"我得让小木帮我送一封很重要的信给一位老朋友。"是我的错觉吗？花爷爷的声音听起来有些感伤，"但是我不放心他一个人去。英雄，你愿意答应花爷爷，陪小木一起去吗？"

哎呀，原来是这么简单的任务，那有什么问题？！

我拍拍胸脯，就让我来充当一次快递小哥吧！

于是，我和小木准备了简单的行李，带着花爷爷的信和他烤好的面饼上路了。我们骑着马，沿着大道，远远便看见了火焰山。

好安静。人似乎都不见了。大片红土的上方是光秃秃、寸草不生的山脉。天空布满厚厚的云雾，看起来很有压迫感。

"火云满山凝未开，飞鸟千里不敢来。"小木说，"你看这云厚成这样，难怪鸟儿不敢飞过来。"

听说夏天的时候，这里的温度高得吓人，我看着那一大片厚云，想起之前冰岛火山爆发，火山灰造成欧洲航班大乱，突然觉得幸好唐朝人不开飞机。不然这么厚的烟云，别说是飞鸟，就连飞机也不敢飞过来吧。

火云满山凝未开，飞鸟千里不敢来。

【原　　典】

火山云歌送别

岑参

火山突兀赤亭口，火山五月火云厚。
火云满山凝未开，飞鸟千里不敢来。
平明乍逐胡风断，薄暮浑随塞雨回。
缭绕斜吞铁关树，氛氲半掩交河戍。
迢迢征路火山东，山上孤云随马去。

【今　　译】

赤亭口一带高耸的火焰山，到了五月，气温升高，引发自燃，其烟赤红浓厚如云。由于烟云终年不散，罩住了整片火焰山，千里外的飞鸟根本不敢飞来。

天色破晓时，那厚云才偶尔被西北风吹开；到了黄昏，又随着塞外的雨气聚拢起来。

火焰山的这一片烟雾缭绕弥漫，仿佛要吞掉边关所植的树木；那浓厚的程度，就连交河城那片驻防的营垒，也有大半被遮住了。

火焰山以东的漫漫长路，将是你的归途。

我不舍的心情就好像一片山上的孤云，也随着你的马蹄声远去。

【赏　析】在创作时，拟人的修辞手法非常常见，“飞鸟千里不敢来”一句便使用了拟人手法。在这首少见的、与地质学有关的诗作中，诗人用各种角度写火山云的“凝”与“厚”，想必根本不可能容许鸟儿飞越，但他却不直接写天空中没有鸟儿，而称“飞鸟千里不敢来”——连鸟儿都感到畏惧的地方，人又将体会到多么深刻的荒凉之感呢。

秦时明月汉时关，万里长征人未还

我虽然没有做好要去唐朝的心理准备，但也没有做好要离开唐朝的心理准备啊。

真倒霉。

乘着花爷爷特别挑的一匹“识途老马”，我跟小木经过了大名鼎鼎的火焰山。回味着小木说的诗句，我的脑子也想起《西游记》里孙悟空向凶巴巴的铁扇公主借芭蕉扇的情节。真的好热，我觉得自己快热晕了，真希望能有一把扇子帮我扇风乘凉。可能是胡思乱想的缘故，一时闪神，我竟从马背上跌了下去。

连小木都还没来得及抓我一把，我整个人已经跌落。

然而我那声“哎哟”还没有叫出声，浑身就被一种落空的感觉笼罩着——我原本以为自己会摔个半死，而我一定会咬紧牙关不哭（毕竟答应了花爷爷，如果在这边摔了个跤就满腹委屈，那未来的路要怎么走下去？）；结果我连满身乌青的机会都没有，身体好像变成了空气，虽然保留着人的形状，但既不是固体，也不是液体，就那样轻飘飘地穿过了地面，整个人往地心坠落。

当我真正降落到地面，张开眼睛——该死，我看见的画面是旋转了九十度的校园，操场上很多只穿着运动鞋的脚走来走去。我的脸紧贴着草皮，鼻子闻到一点青葱的青草香，我手上的表，嘀、嗒、嘀、嗒，移动每一秒的声音听起来都好大。

我……回到花莲了？

似乎完全没有人注意到，我其实已经离开了整整三年？大家围过来看我有没有怎样，我站起来，拍拍身上沾到的泥土，小声地说："我没事。"

但我简直要哭出来了。我怎么会回到花莲？小木现在应该觉得莫名其妙吧？我根本还没有跟他好好告别，他该如何一个人去送信？花爷爷又该怎么办？我虽然没有做好要去唐朝的心理准备，但也没有做好要离开唐朝的心理准备啊。我越想越气。

我看着同学们热火朝天踢球的模样，满脑子都是我在唐朝吃过的美食，噢，不是啦，满脑子都是小木救了我、收留我、跟我玩的画面。我最记得有一次我们到附近的一座城，那里的市集到了夜里也不休息，商户们挂起大灯笼，把街道照得亮晃晃的。我贪吃又贪玩，一不小心就和小木走丢了，最后小木找到我时脸上满是着急的神情：“你一个人在唐朝，万一被发现了怎么办？”

那一刻，我知道小木真的很关心我，比我对铜锣烧的关心还要多、还要深刻。我连忙向他道歉，说我是因为看到一个乐手在演奏我从没见过的乐器，看得太着迷了，才没跟上他。

现在我一摔又摔回了21世纪，他一定担心死了吧！

思绪越来越混乱，泪水涌出眼眶，同学们嘈杂的声音我都快听不见了。就在一个来不及闪躲的瞬间，一颗球又直直地砸向了我的头——

“咚”的一声，我整个人昏了过去。

再醒过来时，我已经趴在小木背上了。小木似乎完全没发现，我曾经离开过唐朝，又回来了。他对我说：“你刚刚跌下马，还好有骆驼商队的人经过，停下来帮忙，将你扶上马。是因为肚子太饿，才昏倒的吗？”

小木的声音好温柔，让我有一点害羞。可能因为害羞，我竟不敢对小木说，我刚刚回到了21世纪，虽然只有几分钟的时间。

我不敢说，或许是因为我害怕。

我害怕下一次不知道什么时候，我又会离开唐朝。

为了避免没做好心理准备的离开，我一定要保证自己不要随便从马上掉下去。为了不使小木起疑，我做出“被你发现了”的表情，点点头回答他的问题：“不好意思，胖子比较容易饿。”

“你并不胖啊。”小木边说边挑了个有树的地方，停下马，拿出花爷爷准备的面饼给我吃。

我大口大口吃着面饼，心想，如果跟街上的女子相比，我是胖不到哪里去；但如果是跟小木一比，可就心事谁人知了。

小木也小口小口地咬着面饼，目光落在前方不远处的一个关塞。

“秦时明月汉时关，万里长征人未还。”他说，“王昌龄的这首诗写得真好。我们所看到的月亮和边关，都是从秦汉时期就已经存在的。换句话说，战争也从那时候开始始终没有停过。”

“原来大家都这么喜欢打仗啊？”我问。

“花爷爷说，只要有人，就有贪心，战争就会无处不在。”小木显然是想起了安禄山的作乱，“接下来还有很长的路要走，又刚好遇到战争，我们不知道能不能顺利找到高适……”

“高适？”这名字听起来有点耳熟，好像在哪儿听过，但是我大脑的存储器空间有点不足，老是记不住听过的名字。

“花爷爷的这封信，就是要送给高适的。”小木说，“唐朝有很多有名的诗人，高适也是其中一位，他和岑参都擅长写边塞诗。”

“边塞诗？”我好奇地追问，“和边疆有关吗？”

“描写边疆的风光与战争状况的诗叫边塞诗。”小木说，“在唐朝，要想当官，除了考科举之外，也有人想办法到驻守边境的军队里，做文书工作，如果能获得赏识，也是一个不错的机会。”

“想不到你们的竞争也这么激烈！”我真是小看了唐朝，“我还以为只有我们要考试很心酸呢，听起来你们也不轻松。”

小木咬完最后一口面饼说：“说到辛苦——晚上我们在附近找地方休息一下，接下来的路会更辛苦。”

“真的？”我愣了一愣。其实我答应花爷爷的时候，并没有想过到底会是怎样的一趟旅程。是怎样辛苦？愚公移山？精卫填海？

“到时候你就知道了。”小木居然卖关子。要是我不小心又跌回 21 世纪，那可怎么办？

秦时明月汉时关，万里长征人未还。

【原　　典】

出塞二首·其一

王昌龄

秦时明月汉时关，万里长征人未还。
但使龙城飞将在，不教胡马度阴山。

【今　　译】秦汉时期就已存在的月亮，拂照着秦汉时期就已存在的关塞。然而，那些为了战事跋涉万里的将士，却还不得返家。倘若攻下龙城的卫青、号称飞将军的李广还活着的话，胡人的骑兵不会如此轻易地就跨越了阴山。

【赏　　析】在修辞学上，有个说法叫“互文见义”，即诗文相邻句子中所用的词语互相补充，结合起来表达一个完整的意思，“秦时明月汉时关”就是一例。理解互文时，必须把上下文的词语结合起来，让它们补充彼此，使意思完整，所以明月并非只属于秦朝，关塞也不是只属于汉朝，而应理解为秦汉时期的明月和关塞。

第三章

春宵苦短，
英雄前进吧！

黄沙碛里客行迷，四望云天直下低

太阳晒得我浑身无力，加上我本人油滋滋的，简直是一块沙漠中移动的九层糕[①]。

真倒霉。

虽然不至于以为送信沿途会是鸟语花香，但我怎么也没想到，等在前方的会是一片大沙漠！一早起来，小木就谨慎地要我准备好充足的水，确定马儿吃足了草料，才严肃地跟我说："现在出发吧。"

然后，我们就进入了沙漠。沙漠啊！我实在太兴奋了，老爸和老妈带我旅游那么多次，我从来没有见过沙漠。台湾虽然有高山纵谷、平原盆地，却没有沙漠。当看见沙漠的时候，我忍不住大叫："哇呜，太棒了！"

小木却只是淡淡地说："别高兴得太早，你最好保

① 九层糕：又名九重糕、千层糕、中元糕等，层匀美观，乳香甜润，取长长久久、步步高升之意。

留一点力气。”

我哪里有空理他。我假装自己是外出巡视的国王，将目光放在一眼望不尽的沙丘之上，我往北看，往东看，往南看，往西看，很好，都是沙！沙变化出各种线条，衬着万里无云的天空，太干净、太漂亮了。只是，过了十分钟，我试着调整我的目光，我往北看，往东看，往南看，往西看，很好，还是沙……

为了避免太快露出无聊的神情，我开始在脑中回想老妈最爱的乐队前十名，这么久没见到老妈了，不知道她的排名有没有变化。她以往都会趁睡前拥抱我时，跟我更新最新排行。前十名想完了，我顺便把没那么重要的第十一名到第二十名也想了一遍。“杀”时间嘛——反正现在身处哪里都是“沙”的时间。

感伤的是，我又想完了。我决定不再忍耐，找小木聊天：“你听过摇滚乐吗？”

“摇滚乐？”小木问，“一边摇还要一边滚的音乐？”

“呃……”这答案肯定会获得老妈最高等级的白眼。不过我不打算解释。我想，虽然有一个摇滚乐队叫作“唐朝乐队”，并不代表唐朝人就能理解摇滚乐。我也没办法跟小木解释，有一种音乐是几个人在舞台上又敲又弹又唱，下面的人就像中了魔一样，跟着狂喊大叫。

我决定找个不那么为难自己的话题："昨天，你说花爷爷要我们送信给高适，到底是为什么？高适不是个诗人吗？为什么我们要在战争爆发后送信给他？"

"不要一次问这么多问题，这样我答完一题，会忘记另外一题是什么。"真想不到小木还有这种奇怪的坚持，他一定是没看过质询，问题都是噼里啪啦问个没完的，绝不给对方回答的时间。

不过我这么识时务，当然不会在这种需要聊天的时候，找自己麻烦啦。我马上亲切地说："那先麻烦你介绍一下高适吧！"我突然对这个诗人充满了好奇。

"高适，字达夫，渤海郡人。"小木没好气地，像背诵课文那样，说着高适的出生地。

"等等，你说高适字达夫，那他不就叫高达夫？"我惊讶地问。这位诗人居然跟我爸的名字一样，也太巧了吧。

"其实，我们身为晚辈的，是不该直呼其名啦，有点失敬。一般平辈或晚辈称呼对方，多半用字号。"小木说。

"规矩还真多。"我忍不住抱怨。哪儿分得清楚平辈、晚辈的，外国人都直接叫名字多方便。况且我记忆力没那么好，要记英文单词、要背地理、要搞懂宇宙的星体运转……光是记古人的名字就很累，谁还记得了一大堆字号？

小木没理会我的牢骚，接着说："这位高适爷爷，我称呼他为高爷爷，他和花爷爷是在商丘的梁园认识的。大家都喜欢写诗，很快就变成好朋友，当时跟他们一起的还有李白和杜甫。"

"你是说，那个李白，和那个杜甫？"我惊讶地问。

"你认识？"小木一脸不解。

"我是不认识，只是天底下应该没有人没听过李白和杜甫吧？"我连忙说，"像我这种古诗、现代诗都分不清楚的，也知道他们的名字。他们知名度超高的啊，绝对比奥巴马还有名。"

"你把诗人跟马相比？"小木听起来有点不高兴。

"不是啦。奥巴马，美国前总统啊。"我赶紧解释，并且明白什么叫作越描越黑，"就是我们那个时代，美国的黑人，变成了总统。"

美国、黑人、总统，这三个关键词，小木只听得懂"黑人"。他问："你是说，奥巴马是你们那个时代的黑人？"

“对。他当上了总统。总统，就是类似于皇帝那样。”虽然这比喻不伦不类，但我的大脑暂时只能运转出这答案。

“黑人我们也有，长安城里偶尔会遇到昆仑奴，肤色黑，通水性。据说主人的宝物要是掉到水里去了，他们可以帮忙捞回来。”

我想，奥巴马并不是要跳到水里帮忙捞宝物的那种“昆仑奴”，不过这显然不是重点，因为就算他愿意跳下水去，此刻也无法带我脱离一望无际的沙、沙、沙！我又问：“所以，花爷爷和李白、杜甫、高适都很熟啰？”

“大家萍水相逢，也算是有缘吧。”小木很认真地解释着，“这位高爷爷，一直怀才不遇，二十岁时就到长安，打算一展长才，却苦于无机会，他只好当个农夫，养活自己。”

怀才不遇？这点倒跟老爸蛮像的，看来高达夫这名字不太吉利，我有机会得跟老爸说说。

“那后来又怎么会遇到花爷爷？难道花爷爷也是农夫？”我问。

“高爷爷一直没有放弃报效国家、安定边疆的心愿。所以他自愿从军，没想到却看透了军中的黑暗，而且战争没打赢，他只好又返回宋中，继续一边种田、一边写诗。”

这么坎坷啊。我看，要是高爷爷再开家民宿，命运就跟老爸的太像了。小木继续说：“后来，高爷爷的诗也渐渐有名了。写东北边境战争的诗作，尤其出色。跟花爷爷，还有李白、杜甫他们结识后，还结伴去了几个地方游山玩水。更棒的是，前些年，他考上了官职……”

虽然，我在很认真地听小木讲话，但还是没听清“更棒的”到底是什么，中午时分，炽热的天气将我整个人烤得发昏，小木的话已经渐渐飘散融化在热气之中。忽然，我发现事情有了转机，兴奋地指着前方：“你看，有一片好大的池塘！”仿佛感觉到水汽将扑面而来，我们可以在那里泡泡澡，消消暑。

“别傻了！那只是海市蜃楼。”小木笑着说，“黄沙碛里客行迷，四望云天直下低。看来，你就是岑参诗里所写的那个迷途过客呀。”

这时，我发现自己真的有些神志模糊了。

太阳晒得我浑身无力，加上我本人油滋滋的，简直是一块沙漠中移动的九层糕。晚上却又下起了雪，我和小木连夜赶路，被冻得瑟瑟发抖。我一想到还要在这片望不见尽头的沙漠里走上好几天，就忍不住背脊发凉。

我也未免太倒霉了吧！

黄沙碛里客行迷，四望云天直下低。

【原　　典】

过碛

岑参

黄沙碛里客行迷，四望云天直下低。
为言地尽天还尽，行到安西更向西。

【今　　译】在浩瀚无垠的沙漠里，行客屡屡迷失道路。环顾四周，却只看见满布着云的天空显得好低，几乎要直压下来。

感觉天地都已经来到了尽头，然而行客走过安西后，还要继续往西。

【赏　　析】创作时，生活经验是非常重要的。诗人有唐朝诗人少有的中亚生活经验，他将这种生活经验完美地运用到了诗歌创作中。本诗所描写的这一片沙漠，位于今天吐鲁番地区。对唐朝人来说，安西已经是非常边疆的地方，却还不是诗人的终点，他还得继续往西走，可想诗人会有何等荒凉的心境。诗人巧妙地将烦闷的边疆之旅转化为抓人眼球的题材。由此可知，任何经验都有可能成为创作灵感。

羌笛何须怨杨柳，春风不度玉门关

他可能会写一首诗，感谢一个来自 21 世纪的少年？

真倒霉。

我真没想到沙漠这么不好惹。我更担心自己不小心从马上跌下来，事情会变得更加复杂。所以我努力睁着眼，不理那片该死的海市蜃楼。

好希望能在树下歇一会儿，但是沙漠里并没有一棵能够遮阴的树。荒漠上看不见飞鸟，更别说什么小动物了，只有在黄沙的中间，偶尔出现一两根白骨——那到底是人骨，还是马骨？我马上阻止自己继续往下想，只希望我不会变成那样，不然小木就可以拿我煮豚骨拉面了。

我们吃了点干粮，补充好体力后，我又问小木："高爷爷的故事，你好像还没说完？"

其实，我也不记得他说到哪里了。

“嗯！”小木因为我还想听而显得一脸惊喜，难道他不知道我真的很无聊吗？况且我也很想知道跟老爸同名的高爷爷，到底有着怎样的人生。小木说：“高爷爷在他四十六岁那年，考上了一个官职，可惜，后来他发现那是一个很小很小的官。官位小也就算了，还得逢迎上头的长官。他担任封丘尉时，曾经奉命送兵到蓟北，看到边疆的军队管理混乱，皇帝又对安禄山姑息养奸，他感到很灰心，就把官辞了。”

看来这个高爷爷真的跟老爸很像，老爸在报社也是看这不顺眼、看那不顺眼。一下子嫌领导者无能，一下子嫌媒体太嗜血，一下子嫌读者太庸俗。唯一的差别大概是，高爷爷是自己把官辞了，而老爸则是被裁掉了。“所以，他又再度回家种田吗？”

“不，”小木喝了口水说，“可能因为之前表现得不错，高爷爷被推荐进入哥舒翰将军的幕府。安禄山作乱之后，皇帝派哥舒翰守潼关，本来可以靠着地形的优势死守，皇帝却想要快点结束战事，便强迫哥舒翰将军带着二十万大军出关作战，最后以失败收场。后来，太子李亨宣布登基当皇帝，高爷爷衡量情势后，决定去凤翔向李亨报告战败的原因，李亨很欣赏他，还给他升了官。”

看来，高爷爷的命运和老爸的是越来越不同了。连我这么乐天知命的胖子，也忍不住叹了口气问：“既然如此，我们送信给他的理由又是什么？”

“这故事有点复杂，你确定要听？”小木问。

我赶紧点头，越复杂越好啊，拜托，我们可是在沙漠里，又没有带 iPod，也没有大餐可吃，更没有我最爱的铜锣烧和可乐，不听点故事解馋，怎么度过啊？

“刚刚不是说到潼关战败后，太子李亨自行宣布登基吗？”小木像个说书人般，口齿清晰，声音爽亮，“没想到，他的弟弟李璘很不服气，也想弄个皇帝来当。刚好那时李白在庐山隐居，李璘就邀请李白参加他的幕府。”

“这就是所谓兄弟阋墙[①]？”想不到我也说得出这么有学问的话吧。

小木难得地对我说的话点头称是，他又说：“潼关战败后，高爷爷原本担任江陵长史的工作，他判断李璘的叛乱并不会成功，所以才决定投靠李亨，并详细为李亨分析了江东形势，让他很快就能掌握战局。”

---

① 兄弟阋墙：出自《诗经·小雅·常棣》（兄弟阋于墙，外御其侮），指兄弟之间的纠纷，也比喻内部争斗。

“啊！”我仿佛想通了什么似的，“那他和李白，不就分别属于敌对的阵营吗？”

“你很聪明嘛！”小木第一次肯定了我这个来自21世纪的胖子，真开心啊！“最后，李璘果然打输了，李白也跟着去坐牢。所以，花爷爷才要我们帮忙送这封信给高爷爷，他现在的官位高，或许愿意动用他的力量，帮一帮李白。”

天啊，我的心脏跳得好快。英雄在下我，平生没接受过拜托，想不到第一次下海，就是参与这么伟大的事件！真是太紧张了，要是高爷爷答应帮忙，李白应该会超级感谢我吧？

他可能会写一首诗，感谢一个来自21世纪的少年？

噢，只是想想，就觉得太酷了！

我这个不上不下的英雄，可要在唐朝大大出名啦。因为太兴奋了，我突然觉得沙漠其实也没那么热了，噢，不，待我定睛一看，原来是天黑了！刚刚太专注于听小木说故事，都没注意到天快要黑了。天一黑，温度骤变，如果有翻脸如翻书电视竞赛冠军，我一定要帮沙漠报名！冻死我啦。

小木倒是很幽默，拿出了面饼和水说：“晚餐时间到了。”唉，接下来几天，都只能吃面饼、喝水了吧。我心里感到有些哀怨，但一想到李白可能会写一首有关我的诗，虚荣心又马上被喂得饱饱的。

话虽如此，肚子还是空空的，晚餐还是得吃。吃过后，我们就在冷得要命的沙漠中，披上小木预先准备好的皮裘抵御寒冷。我们背靠着背，一抬头，才发现星星满天都是，好灿烂！比我在花莲看过的还要灿烂。

根据小木的说法，我们抵达玉门关之前，会经过五座烽火台。听见关键字的时候，我的耳朵忍不住动了一下："你是说，'春风不度玉门关'的那个玉门关？"

"你居然知道？"小木吓了一大跳。

"我只是觉得这个句子很熟啦，到底是什么意思我其实不懂。"我坦白。

"王之涣的《凉州词》，大家都会背：黄河远上白云间，一片孤城万仞山。羌笛何须怨杨柳，春风不度玉门关。"小木赞叹地说，"想不到连你也听过。"

反正四下无人，我也不用不好意思，就问："那到底是什么意思呢？"

"什么东西是什么意思？"小木大概累了，和我的默契指数降低了。

“就是‘春风不度玉门关’啊。”我猜测地问，“是指春风不肯吹过玉门关？”

“你看，你真的很聪明呀。”今天是怎么了，又一次被小木称赞。他说：“你想想，一个人将要出塞，他的心情该有多么凄凉，这时响起了《折杨柳》的羌笛声，这个出塞的人就更悲伤了，要知道，春风从来就吹不到玉门关外啊，又怎么能折柳呢，这不是徒添伤感吗！”

“容我再问一句，”我真的很怕聪明两字会离我而去，“出塞，是要去哪里？”

“出塞，就是到塞外，也就是我们现在所在的这一片沙漠啦。”小木没好气地说。

我懂了，原来是沙漠，那果然很凄凉、很哀怨，我现在完完全全能够体会。

体会归体会，信，还是要送的。不然李白就没机会感谢我了。

我闭上眼睛，准备让自己在寒风中入睡。现在真的管不了什么春风啊杨柳啊，先找到高爷爷才是重点。

噢，不，先脱离沙漠才是重点。

羌笛何须怨杨柳，春风不度玉门关。

【原　　典】

凉州词二首·其一

王之涣

黄河远上白云间，一片孤城万仞山。
羌笛何须怨杨柳，春风不度玉门关。

【今　　译】举目西望，黄河竟像自白云之间流泻而下。在高耸的群山之中，只有一座孤城戍守着边塞。

羌笛何必奏起《折杨柳》这类哀伤的调子，埋怨杨柳不发、春光迟来？要知道，春风从来就吹不到玉门关外啊！

【赏　　析】量词的使用，在中国古代诗文里是很讲究的，倘若能精准地使用量词，除了增添诗意，也可体现出创作者的精细程度。如张岱在《湖心亭看雪》中写的“惟长堤一痕、湖心亭一点、与余舟一芥，舟中人两三粒而已”一句，就用精准的量词为我们描绘了一个宛如水墨画的雪后世界。本诗中的“一片孤城”和“万仞山”，除了在视觉上有非常强烈的对比，“片”和“仞”两个量词也别出心裁：“片”写出了孤城如将要凋零的叶子一般的孤寂、飘零；“仞”是古代长度单位，一仞七尺或八尺，“万仞”用夸张手法写出了山脉之高、之险、之峻。

射人先射马，擒贼先擒王

我们想办法把他们那个带头的敲昏，其他喽啰就不敢不听我们的。

真倒霉。

面饼早就吃腻了，星星也差不多看腻了，我们终于离开了沙漠，踏入了大名鼎鼎的玉门关。我看见街上的行人，还有满街的幌子（也就是酒店用来招徕顾客的布旗）时，真有一种重返人间的感动！后来，我们终于到达目的地。原本我打的主意是，赶快找家小馆子，吃一顿热腾腾的食物，这样才对得起自己的胃。但是，这个美妙的主意还没来得及实现，我们就遇上了抢劫。

别担心，不是抢我和小木啦。虽然英雄在下我长得浓眉大眼、胖胖大大，看得出家境不错；小木斯文俊秀、谈吐有礼，看得出家教不错，不过，可能刚刚经过大漠的“洗礼”，我们两个人都挺狼狈的。我本来还勉强称得上白嫩，现在则完全是黑猪一头。偏偏走在我们前头的人，看起来像是个富家少爷，一对比更显得我们很是砢碜。我边打哈欠边跟小木说一些言不及义的话，一个没注意，忽然就有几个人将前面的富家少爷团团围住，我和小木吓得赶紧躲到大树后边。

“要钱还是要命？”其中一个看起来像小弟的说出这句话，我差点笑场，这么老的台词，唐朝人也爱用噢？

那个富家少爷似乎被吓呆了，说不出话来。围住他的其中一个人，拎起他的领口，把拳头凑到他的眼前：“装傻啊你？不说话我们就会放过你吗？”只见那位少爷结巴地说：“我……我……我……”

旁边一位像是大哥的，悠闲地摇着他的扇子，似乎旁人都在等待他的命令来决定下一步走势。

“射人先射马，擒贼先擒王。”小木低声对我说，“我们想办法把他们那个带头的敲昏，其他喽啰就不敢不听我们的。”

小木是好样的，这种情况下还敢见义勇为！如果我不说好，岂不显得我很没种？但是，万一我们没有顺利把带头的那个敲昏，他们就会发现我们，然后把我们一并抓起来，那该如何是好？

我正犹豫着，拿不定主意，事情的发展却出乎意料。

眼见那几个小弟已经失去耐心，他们一边叫富家少爷别“敬酒不吃，吃罚酒”，一边甩了几个巴掌在他的两颊。这时，有一位老先生从酒馆里慢慢走了出来。

他掷地有声地对着那几名混混说：“还不快住手。”

我和小木着实捏了一把冷汗，因为老先生看起来年纪不轻了，除非他是真人不露相的武林高手，要不然，是要去当肉包吗？不妙，不妙！

果然，那几个人冷笑一声：“你哪位啊？”脸上明显摆着“老人家不要多管闲事”的神情。小木临时找不到石头，只好把坚硬得跟石头差不多的面饼握在手中，随时准备丢出。

这时，老先生淡淡一笑，说：“我就是写出‘洛阳亲友如相问，一片冰心在玉壶’的人。”

这下老先生可死定了，他跟强盗说诗干吗，又不是对孙悟空念紧箍咒！难道这几个地痞流氓能听懂吗？没想到，人生真是充满“没想到”——正当小木在我耳边轻轻说出“王昌龄”这个名字时，我们竟然看见那几个坏蛋马上放开了富家少爷，还对着老先生行九十度的鞠躬礼：“失敬！我们太失敬了！”那个带头的一使眼色，几个人飞快地离开了现场。

那位富家少爷感激涕零地对着老先生下跪。

再一次，我被唐朝吓了一跳。不，准确地说，是唐朝的人。不，更准确地说，是唐朝的诗人。如果艋舺的兄弟打群架，有个人想劝架，对着他们说：我就是那个写了“我挥一挥衣袖，不带走一片云彩”的人，想必，会被当成个精神失常的临时演员，然后不分青红皂白，痛殴一顿吧！

我们从树下离开，小木一脸满足，好像他刚刚见着了偶像，有一种赚到了的感觉。然后我们如愿找了家馆子，吃了餐像样的东西。说来真不好意思，肚子一吃饱，我就有一种“啊，活着真好”的快乐。在小木的坚持下，我们也找了间客栈冲过澡，将自己梳洗干净。

终于，可以去见那位高爷爷了。

我们拿着花爷爷给的地图，按图索骥来到他的官邸。经过层层通报，有人带着我们来到一个房间。收信者就坐在里面，我和小木终于可以卸下快递小哥的角色了。但是，恕我失礼，这位跟我老爸同名的高达夫，看起来跟其他的古人实在没有不同，如果把他跟孔子、孟子都放在一起，我一定无法分辨，还好考试并不考“人脸连连看”。

我们被安排在一间看起来很气派的房间里，坐在两张看起来很高级的座位上，桌上摆着看起来很可口的点心。高爷爷显然已经知道了小木的来历，他问了花爷爷的近况，以及我们一路上是否顺利。我正想大吐苦水，什么沙漠啊、抢匪啊，小木却只是客气地说：“谢谢高爷爷关心，我们一路都很平安。”说着拿出了他怀中的信，也是此行最重要的目的。

“花爷爷交代，把信转交给您之后，要请您立刻拆阅。”

高爷爷微笑点头，将信拆开，说：“你们先用点茶点，别客气。”便慢慢地读了起来。读完后，又再一次微笑点头，没有特别说什么。

我虽然不知道花爷爷到底写了什么，却看得出来那是一封很长的手写信，内容应该就是小木告诉过我的那些吧。

然后，高爷爷问我们在城内是否有住宿的地方，回程状况如何，小木都一一回答。我看他一直微笑，小木也一直微笑，心想李白大概有救了。噢，那李白应该就会写一首诗来感谢我了吧？我如果有机会再回到21世纪，一定要马上冲去书店买一本李白的诗选，看看他到底写了什么！

射人先射马，擒贼先擒王。

【原　　典】

前出塞九首·其六

杜甫

挽弓当挽强，用箭当用长。
射人先射马，擒贼先擒王。
杀人亦有限，列国自有疆。
苟能制侵陵，岂在多杀伤？

【今　　译】要用弓，当然用强而有力的弓；要使箭，当然选择较有利的长箭。要对付敌人，先射击他们的马；要抓贼，就先抓住他们的首领。杀人应该有所节制，就像各国都有自己的疆界。只要能阻止敌人的侵犯就好，难道战争是为了要滥杀无辜吗？

【赏　　析】议论文该怎么写？其中一种技巧便是先扬后抑。前四句看似论述如何练兵用武、克敌制胜，到了后四句，话锋一转，所要述说的重点却是止戈为武。在论述观点时，这样的铺陈，可以使论述更有层次感和说服力。

葡萄美酒夜光杯，欲饮琵琶马上催

看来，我们现在只少了一支弹奏琵琶的乐队。

真倒霉。

离开高爷爷的官邸，我还沉浸在任务成功的喜悦之中，心情好得简直要哼起歌来。我甚至开始思考老妈的哪个最爱乐队比较适合表达我现在的心情，是要挑那个神经兮兮的 Yeah Yeah Yeahs[①]，还是要选俏皮一点的 Athlete[②]？

没想到，我们才一上路，小木就叹了口长长的气。

我拍拍他的肩膀问：“怎么啦？我们成功完成任务了啊。高爷爷一定会想办法帮李白的。”我没说的是——专属于英雄在下我的诗，就要诞生啦。

“怎么说？”小木又叹了口气。

---

① Yeah Yeah Yeahs：纽约三人乐队。

② Athlete：英国四人摇滚乐队。

“你没看到他一直在微笑吗？”我赶紧解释，“一副‘没问题，这种芝麻大的事儿，包在我身上’的表情。”

“你错了。”小木第三次叹气，“我爷爷告诉我，如果看过信，他什么都没有说，也没有提到信中的事，就代表他不打算管这件事。”

“什么？”我大吃一惊，“那他还这样对我们嘘寒问暖？还一直对你微笑？”

“你很傻啊，”小木说，“我们大老远地来，他当然关心我们呀。出发之前，花爷爷就告诉过我，这件事失败的概率很大，毕竟高爷爷和李白是站在完全不同的两边。”

“可是……可是，他们不是好朋友吗？”我急了，“你不是说，他们还一起结伴去了好几个地方游山玩水？那代表他们感情很好啊！”

小木无奈地笑了笑。我突然觉得非常难过——原来，还有比“边边”更悲伤的地方，就是站在不同的“两边”。即便再好的朋友，只要站在了对立面，就不能再重拾情谊了。我忍不住想象，如果我是高适，我会怎么做。

从小我就不是那种拥有很多朋友的人。

身为一名资深的胖子，我常常站在“边边”，看着那些比我漂亮、比我聪明、比我善良、比我有趣的人，和那些跟他们一样漂亮、聪明、善良、有趣的人成为好朋友。他们交换小点心，一起去尿尿，下课约着去吃炸鸡，到彼此的家里过生日，考试前帮对方复习考题，代传字条给朋友喜欢的人，有人跟老师打小报告时会站出来为他反驳……虽然，偶尔也会感到一点点寂寞，不过我要是有点寂寞，就吃点什么、再吃点什么，把自己填得满满的，就不寂寞了……

不夸张地说，我的第一个好朋友，应该是小木吧。

这个全唐朝最善良的男孩。

如果小木发生了什么事，而我有能力帮他，我会选择保持微笑，不闻不问吗？即便我们当时身处完全不同的“两边”？

想到这里，我忽然很激动地抱住小木：“你放心，我绝对不会见死不救的！”

小木有点尴尬地躲在我的拥抱之中：“英雄，你……还好吧？”

我才忽然反应过来，噢，搞什么，需要被拯救的是李白，并不是小木。小木人好好地骑着马，正准备带我离开玉门关，穿越沙漠，回家。

等等，沙漠？天啊，我都忘了，要回到交河城并没有别的道路，既然我们穿越沙漠而来，也唯有再次穿越沙漠回去。真是太、可、怕、了！

一路上，虽然已经做好了心理准备，还是好希望有一班飞机能直接载我们飞越沙漠啊，要不然，不是有坎儿井吗？皇帝那么爱打仗，应该派人来挖一条地道，这么多出塞的人，就不用再忍受沙漠白天疯狂的热和夜晚疯狂的冷了。但也许是回程了，不知怎么的，似乎快了许多。当我们再度出现在交河城外围，看见那久违的高高城墙时，我竟涌起一股回到故乡的喜悦，难道我真的变成边疆的一分子了？

花爷爷居然有访客。据说也是位有名的边塞诗人，叫作岑参，他在附近的北庭当节度判官。岑参看起来比花爷爷年轻一些，样子也清秀一些，就像个读书人。我们到家时，他刚好要告辞，我们打了个照面，互相点头致意后，岑参就离开了。

花爷爷说，岑参发现了一组很难寻得的夜光杯，特地前来赠送给他，答谢前些年他在安西都护府当掌书记时花爷爷的照顾。

听小木说，这位岑参其实从前家里有三个长辈都做过丞相，但是，后来家道中落了，他便一直徘徊在求取功名和退隐江湖之间。

“为什么？”我忍不住问，“他家不是有人当过丞相？照理说，应该对他也会有一点帮助。”

“你忘啦，”小木说，“政治是很现实的。他的祖上因为犯罪被杀了，其实对后代子孙的仕途也或多或少会造成影响。”

唉，我回过神来，政治是很现实的。高爷爷和李白便是站在完全不同的两边。

“不过，后来他以第二名考上进士，而且一共有两次出塞的经验。因为他到了边疆，看见太多奇特的，和中原大不相同的风景，就写了很多有关天山、沙漠、火山，甚至雪莲花的诗。”小木兴奋地说，“据说他的诗，每次只要一完成，就马上有很多人抄写、传诵开来，不管是读书人还是一般老百姓都喜欢，就连住在边疆地带的人也会背呢。”

这已经完全不令我惊奇了，甚至还觉得蛮理所当然的。

唐朝嘛。

虽然，我们并没有成功完成任务，花爷爷还是热情地迎接我们平安归来，他其实担心的是我们是否有办法撑过大漠。为了庆祝我们回来，花爷爷烤了全羊，甚至拿出岑参送他的夜光杯说：“既然有了这么美的杯子，我们就用它来喝好喝的酒吧！”

小木本来还有点迟疑，花爷爷却笑说：“傻孩子，杯子就是拿来用的，如果只能看、不能用，还叫杯子吗？”

于是，我们三个人，开心地啃着香气四溢的羊肉，搭配当地人自己酿的酒，举起珍贵的杯子干杯。这套半透明的杯子，真的好美！

“葡萄美酒夜光杯，欲饮琵琶马上催。”花爷爷笑着说。

“欲饮琵琶马上催？”我又听不太懂了。

“就是说，将士们正要拿起酒杯喝个痛快，骑着马的乐队刚好就奏起了号召作战的琵琶曲。”小木为我解释着。

“哈哈，我还以为他们要把琵琶喝下去。”我大概醉了。

“‘欲饮’，是衔接上一句的‘葡萄美酒夜光杯’，这首诗写得很跳脱啊。”花爷爷又补充说明。

我们边吃边聊，聊沿途遇到的事，还有沙漠的可怕，直到半夜，才各自回房睡觉。可能我真的喝了太多葡萄酒，走回房间时，整个人感觉轻飘飘的，好开心呀。可惜脚步稍微有点不太稳，眼看着床铺就要到了，还差一步，困意却已经爬满我的眼睛……于是，咚的一声，我倒地上睡着了。

葡萄美酒夜光杯，欲饮琵琶马上催。

【原　　典】

凉州词二首·其一

王翰

葡萄美酒夜光杯，欲饮琵琶马上催。
醉卧沙场君莫笑，古来征战几人回？

【今　　译】精致的夜光杯，斟满了西域盛产的葡萄酒，在夜色下光芒流转；将士们正要举杯痛饮，骑在马上的乐队旋即奏起号召作战的琵琶曲。

如果他们喝醉了躺卧在沙场上，请您不要见笑；毕竟，自古以来，出征作战有几人能返回？

【赏　　析】这首歌咏边关情景的名作，一镜到底，酣畅淋漓。诗中描写的美酒与酒器，帐篷旁骑着马的乐队，弹奏琵琶的情景，都深具大漠风情。前两句写景，后两句转为细剖战士心声，面对死生未卜的前程，唯求此刻一醉！

最值得玩味的是最末一句“古来征战几

人回”，有人视为悲伤，有人却认为是一种旷达的自我解嘲。写作时若能巧妙地使用这种开放式结局，能使尾声无限延长，余味不散。

醉后未能别，待醒方送君

无常才是唯一的恒常。

真倒霉。

昨夜大醉一场，当我睁开眼，竟发现自己睡在地上——不在小木家里，而是学校保健室的地上。冰冰凉凉的。我手腕上原本停住不动的手表，又开始走动了，指针移动的声音好大。

又回来了。21世纪。

虽然已经有过一次经验，但是当它再度发生，还是觉得好不真实。我望着自己身上的运动服，显然我还没有脱离那一节足球课。走到窗口，看着远方操场上正热闹地踢着球的同学。刺眼的阳光照亮了树叶，闪出一点小小的金色，一切显得如此不可思议。

我还能再回去吗？回到唐朝？我为什么还要回去？去那里当一个来自未来的唐朝人，对我来说是好事吗？又或者继续在21世纪，当一个曾经去过唐朝的人才是好事？

在唐朝的时候，很久没看电视，好像也没那么想看了；很久没用电脑，好像也没那么想用了；很久没喝可乐，好像也没那么想喝了。可能因为有小木这个好朋友，陪我看很多新的事物，日子才不会那么无聊吧？

我不想再回到足球场了。不光是讨厌太阳晒在身上热辣辣的感觉，重要的是我好像还没有真正离开唐朝。在唐朝待了那么久，我突然有点不知道该怎么跟21世纪相处。在下课钟声敲响之前，就先让我待在保健室里发呆吧。

我躺回床上，望着枯燥的天花板，想起交河城的日子。想起昨天晚上，我们边吃边喝边聊那愉快的场景。

不知道为什么，昨晚花爷爷突然说："如果有一天花爷爷先走了，小木一个人该怎么办？"

小木听了一愣，赶紧说："花爷爷，您在瞎说些什么。您身体这么好，一定会陪我到很老很老的！"

花爷爷哈哈大笑："生、老、病、死，是我们都会历经的过程。爷爷不例外，小木和英雄也不例外。其实这样才好啊，不朽才可怕。”

“可是我希望您一直陪我。”小木难得表现出感性的一面，“您不陪我，我就只剩一个人了。”

咦，不对吧，还有我啊。我想这样对小木说。想想也不对，万一哪天我又跌回 21 世纪，他真的就只剩一个人了——就像现在，我不是又跌回来了？！

“我们不要避讳谈论死亡。”花爷爷说，“因为，无常才是唯一的恒常。与其毫无准备地分离，不如先想一想，万一花爷爷离开了，你该怎么办。”

说的也是，总不会像唐三藏那样，就去出家当和尚吧？小木虽然没有上过学堂，但是在花爷爷的教导之下，学识也很好，我于是问：“小木会想要像那些诗人一样考试、当官吗？”

小木摇了摇头。

花爷爷笑着看他：“我们家小木不想考科举？”

小木淡淡地说：“我对当官没有兴趣。政治的事情太复杂了，我比较喜欢生活中有趣的事情。”

“比如说？”我问，总不会告诉我“我不知道我喜欢什么，只知道我不喜欢什么”，那就没意思了。

小木想了想说：“比如说，我喜欢做饭，喜欢看见别人吃了我煮的东西一脸满足的样子；我喜欢为别人服务，看见别人因为自己的付出而由衷感谢的样子，对我来说那样的笑容很美丽。”

哇，不是我夸张，小木的想法，好像蛮时髦的。很像日本偶像剧的主角会说出的对白。我听了，灵机一动：“要不要开家民宿呢？”

“民宿？”花爷爷和小木异口同声地反问。

“对啊。”我看时机好像不错，识时务的我，鼓起勇气告诉花爷爷，我其实来自“未来”，并且一口气介绍了我到目前为止“虽然短暂但应该相当精彩”的经历，然后把老爸和老妈的事也都抖出来，最后，就很理所当然地介绍了我家的民宿——“边边”。“当然，我只是随便提议啦，因为我发现，花爷爷这所房子其实还有很多空房间，如果把它们稍微整理一下，让远道经过塞外的商队，有机会可以住，价钱定得比客栈的低一点，而且还提供晚餐或早餐，并且强调家庭风味，你们觉得有没有可能呢？”

呼——胖子说了一长串话，还真有点累，于是我有点心虚地拿起酒杯挡住我圆圆的脸，担心会被花爷爷嘲笑。没想到，花爷爷和小木异口同声地说：“好像不错啊。”花爷爷边捋着他的胡须边点头。

“不过，”小木拿起一块烤得刚刚好的羊腿肉给花爷爷，“花爷爷现在还算健康，全身发痛的怪病也治疗得有起色，等花爷爷痊愈了我们再慢慢规划吧。”

“也好。”花爷爷完全没有被我来自未来一事吓到，反而觉得很有趣，他说，“我们可以向英雄请教一下，看看未来的人是不是有什么更聪明的做法，我们可以借鉴。”

哎哟，还跟我请教嘞，那怎么好意思呢。而且我又没带镜子，是要怎样“借鉴”，真糗。

胡思乱想之间，这堂似乎怎么也上不完的体育课终于结束了。铃声响起，我回到教室，看到久违了的黑板、课本、铅笔盒，刚好虾帅拿了一罐运动饮料走进来，不知为什么，我开口问他：“你知道天山在哪里吗？”

“天山？”虾帅挤了挤他的大眼睛，“不是在新疆吗？问这干吗？”

“噢，没事。”我居然去了新疆，而且是唐朝的新疆。

手里握着自动铅笔的感觉好陌生，当我在笔记本上写下老师新教的英文单词时，脑中还是沙漠里一望无际的沙、沙、沙。然后，非常诡异地，我居然非常想要再尝一次面饼的滋味。

放学了，我骑着自行车，还不想马上回家，于是拐到花莲港去。

花莲的风吹起来和交河城的完全不同。去花莲港的路上有好多绿树，路的尽头，就是一望无际的海。我想起昨天我们吃着烤全羊时，因为喝了好多酒，花爷爷提起岑参写过的两句诗——“醉后未能别，待醒方送君。”

“什么意思呢？”我边吃着小羊排边问。

“朋友们将要告别彼此，却因为喝了太多，喝了个烂醉，根本没有来得及好好话别。”花爷爷是这么解释的。

我想写诗的人绝对没有想到，也有一种“醉后未能别”，是像我这样，糊里糊涂喝得太多，结果跌倒在地上，就摔回了21世纪……

海好蓝、好大。风鼓起我的衣服，我停下自行车，将书包斜背在身后，忽然想起小木应该从来没有看过海吧？月亮即将从大海上升起，眼泪不知不觉从我的眼眶里逃了出来。

醉后未能别，待醒方送君。

【原　　典】

醉里送裴子赴镇西

岑参

醉后未能别，待醒方送君。
看君走马去，直上天山云。

【今　　译】饯别时因为痛饮过度而烂醉，无法与你好好话别。直到你都已经要上路了，才被匆匆唤醒，送你离开。

也许是酒意未消，你骑马远去的背影，竟好像一路直直地向天山云雾里而去。

【赏　　析】诗歌语言的一大特征就是“暧昧”。所谓“暧昧”，就是通过说出来的话，来暗示没说出来的部分。通过这种“暧昧”，诗歌才有暗香浮动之感。就像此诗中，岑参虽然只说“醉后未能别，待醒方送君”，但何以大醉一场，想必是因为心中有难言的不舍吧！又如末两句，“看君走马去，直上天山云”，除了表现出天山崎岖路远，或许是因为送别者的眼里噙满了泪水，使得他的视线有了一刹那的朦胧。

第四章

在交河城，
遇见百分之百的女孩

古树满空塞，黄云愁杀人

就算我们只是一家小小的民宿，也应该负起对这个社会的教育责任。

真倒霉。

21 世纪的生活，实在很没趣。

先从老爸开始说好了。原本他一心以为这家自己精心打造的民宿，一定会独领风骚，打败其他那些杂七杂八的“伪民宿”。万万没想到，我们的客人非常之少，以至于每天的营业额总是很快就可以结算出来。

根据老妈实况转播，好不容易有一对年轻情侣来投宿，他们把背包放好之后，环顾房间一圈，忍不住问:“请问，没有电视吗？”

老爸一听，马上火冒三丈:“电视？我们这里左边有太平洋，右边有中央山脉，还需要电视？楼下书架上有一千多本书，你们都看过了吗？难道你们大老远来到花莲，只为了待在房间里看电视？”

不知情的人还以为自己来到新兵训练中心。

老妈赶紧赔不是，并且解释："其实，我们也想过是不是应该装上电视，但总觉得，你们大老远来应该是想多享受一下花莲的大自然……"

那位小鸟依人的小女友，马上对着她的小男友嘟囔："那我们晚上就不能看选秀节目了，今天是总决赛啊，很重要的……"

小男友正要展现他的男子气概，老妈赶紧赔着笑道歉："不好意思啊，不好意思。"顺手将老爸拉出客房，直到远离了客人的视线，她才开始轰炸机一般数落老爸："我早就跟你说过现代人没电视活不下去，你偏偏喜欢挑战大家的极限，到时候生意做不下去对我们有什么好处？你不吃饭英雄还要吃饭——"

虽然我确实爱吃饭，但我不是很清楚，为什么在这个对话中，要把我也拖下水。老妈话还没说完，老爸马上义正词严地打断她："就算我们只是一家小小的民宿，也应该负起对这个社会的教育责任。"

"啥？"老妈当场傻眼，同时在心里点播了一首Red Hot Chili Peppers[1]脏话很多的歌给老爸听，以作为

---

① Red Hot Chili Peppers：中文译名为"红辣椒乐队"，美国洛杉矶的摇滚乐队。

对自己的心理治疗。毕竟她根本就不想待在这个什么“边边”，别忘了，她的梦想是环游世界，最好可以听遍她最爱的乐队在每一个城市举办的演唱会，她叹了口气：“唉，人生真艰难啊。”

老妈下了这个结论之后，决定不再让老爸出面接待客人，自己一肩扛下“边边”的业务：接单、打扫、供餐、接送客人。最重要的是，她用最快的速度为每间客房装好电视，并且拉好有线电视线路，保证每个频道都跟台北同步，室内还提供无线上网，绝对没有“边陲地带”的落伍感。

感伤的是，老爸退居二线之后，生意马上有了起色。老爸更加颓丧了。他可以说是继在报社里被“边缘化”之后，再度在这家民宿里被“边缘化”了。换句话说，他本人就是一家会走动的“边边”。

差不多有三个月的时间，老爸就每天在那边晃过来晃过去。有时候把书架上所有的书都卸下来，用只有他才懂的分类方式重新排列上去；有时候整个下午都泡在院子里，为已经没有杂草的草地拔草。

终于连我也看不下去了。

当他把树下的一堆落叶弄乱，然后第十二遍将寥寥无几的叶子扫成一堆的时候，我抢下了他的扫把：

“拜托你！你看看人家高适，再看看你自己！”

“哪个高适？”老爸觉得我很莫名其妙，又把扫把抢了回去。

拜托，我身为一个胖子，难道连一支扫把都抢不赢吗？我，我，哎呀，重点不是扫把啦。他要是那么喜欢就让给他好了，我可以拿拖把。我气呼呼地说：“唐朝的高适啦。”

“唐朝的高适？”老爸一脸愕然，“他跟我有什么关系？”

“有！你们关系可大了，你叫高达夫，他叫高适，字达夫，也就是高达夫——都是高达夫，怎么差那么多？”

没错，不要得罪胖子！瞧，我的肺活量很不错吧。声音如此洪亮，连老爸都愣住了。老爸愣了好一会儿后，忍不住笑出来，问我：“唐朝的高达夫怎么了？”

“他很衰呀，一直怀才不遇，直到快五十岁才考上一个小官。”我小心避开“他被严重边缘化”的说法，“可是，他都没有放弃，最后他终于做了大官，还写了很多诗。不管他如意还是失意，他从来没有放弃过自己。从、来、没、有！”

我说得有点喘，最后还加强了语气，喘得更厉害了。老爸睁大眼睛看着我，我也看着他，一脸坚定。

其实是因为不知道接下来要说什么了。

老爸沉默着，好像在思考着什么，又像想对我说些什么，但终究什么都没说。

第二天，我们就发现老爸又开始抱着他的笔记本电脑，写起他那本怎么也写不完的小说了。

为了避免入住的房客以为民宿里有个整天敲打键盘的怪叔叔出没，我和老妈口径一致，都说他是我们这里长期驻点的民宿作家，为了寻找灵感来到花莲，并且希望太平洋的湛蓝和中央山脉的巍峨能让他的写作“更上一层楼”。

虽然这样，我们也很可能在客人们询问“请问他是哪一位作家”的时候穿帮，不过老妈说：“反正大部分的作家，大多数的人都不认得。我们只要把他说得很神就可以了。你可以说他的文字像 Nirvana[①]主唱的嗓音般独特，故事情调则像 Radiohead[②]的 MV 般迷幻，如果他们还有意见，你就说他是台湾文坛的 U2[③]！”

“等等，你说得太快了，我背不下来啦。”我忍不住皱起眉头，一方面佩服老妈在这种节骨眼儿上，还

---

① Nirvana：中文译名为“涅槃乐队”，美国摇滚乐队。

② Radiohead：中文译名为“电台司令”，英国摇滚乐队。

③ U2：爱尔兰摇滚乐队。

能继续保持她的幽默感，一方面也佩服老爸，完全不理会老妈的讽刺和来自客人的谬赞。

有几次，有人甚至拿了笔记本要老爸签名，老爸便大咧咧地签上“高达夫”三个字，那些人还很有礼貌地向他道谢。

不帮老妈洗床单或切水果的日子，我用压岁钱从网络上订了一些跟唐朝有关的书，津津有味地读了起来，我甚至还买了《高适岑参诗选》。

无聊的时候，我就使用电子地图的功能，看一下交河城所在的位置，真的好远啊。在查询到的资料中，它被称作“交河故城”，照片里什么都没有，只剩下一片黄土和一些大石块的遗迹，这让我觉得很不可思议。毕竟我脑海中的交河城，充满了生活气息，有店家营业的吆喝声，有军队，有僧人，还有我的好朋友小木，以及慈祥的花爷爷！

我不禁想起高适的诗，“古树满空塞，黄云愁杀人”，那片有过人烟的边塞也已经空了，不知道为什么，我的心就跟那布满密云的天空一样，又低又沉——哎，再继续这样多愁善感下去，我该不会真的要变成诗人了吧！

古树满空塞，黄云愁杀人。

【原　　典】

蓟门行五首·其五

高适

黯黯长城外，日没更烟尘。
胡骑虽凭陵，汉兵不顾身。
古树满空塞，黄云愁杀人。

【今　　译】长城外的黄昏显得如此阴暗，大地扬起烽烟和灰尘。敌人的骑兵虽然凭借优势想要欺侮大唐的士兵，却被大唐士兵奋勇地阻挡。

这一方厮杀的战场是长满古树、无人居住的边塞。大雪将至，天空黄云密布，景象触目惊心，使人感觉忧愁极了。

【赏　　析】这是一首描绘东北边境战事的诗作，诗人对战士的生活充满同情，歌颂战士的爱国精神。在昏暗的长城边，战士们在烟尘里拼命作战，他们互相对峙的战场其实是长满古树、无人居住的边塞。在创作时，环境可以为情感抒发渲染气氛，诗人有意将一切气氛压至最低迷，借以衬托战场的肃穆。

功名只向马上取，真是英雄一丈夫

拜托，我可是走过一整片大沙漠的，七星潭难道会吓倒我？

真倒霉。

暑假结束了，我一次也没摔倒，更没有被什么东西砸中。身为一个平凡的21世纪的少年，当然也没有买醉的机会——虽然我去便利商店买可乐的时候，曾偷偷瞄一下旁边那一柜啤酒啊气泡酒啊，但是跟用夜光杯盛装的葡萄酒一比，它们实在逊色太多了，让我忍不住想要骄傲地叉着腰大喊："哼！我可是去过唐朝的！"

但我还是回不了唐朝。

既然回不了唐朝，就不能知道后来花爷爷和小木过着怎样的生活。我试着查询了安史之乱的相关资料，发现高爷爷果然没有出手救李白，但是却接济过颠沛流离的杜甫。这些古人到底在想什么啊，实在是复杂。遗憾的是，花爷爷和小木并不是大诗人，历史上找不到他们的故事。

这样也好，他们的故事，至少还有我知道。

每天睡前，老爸多半还在为他的长篇小说奋战，忙了一天的老妈在餐厅听着她的摇滚音乐放松，她最近爱上了 Turin Brakes[①]，他们的歌没那么吵，被她归类为治愈系。我则躺在我的阁楼，打开介绍新疆的旅游书，读着火焰山、吐鲁番盆地、天山、沙漠的介绍，心里涌起淡淡的忧愁。

由于太希望有机会再回去一趟，升上初中二年级之后，我超珍惜每一次上体育课的时间。当大家鼓噪着要踢足球的时候，我也扯开喉咙，跟着大喊："足球！足球！"都说了我嗓门很大的，连虾帅也忍不住转过头来看我，他的眼神流露着"是不是上次被球打到，脑袋坏掉啦"的同情之光。

以前的我，绝对能躲则躲，毕竟我是灵活的胖子嘛。现在呢，当然要撇开所有能休息的机会，所以，体育老师问："陈郁杰受伤了，谁要上场替补？"

我马上很大声地说："我！"

体育老师惊讶地看着我。大概没想到一向避足球

① Turin Brakes：中文译名为"杠林矮丛乐园"。

唯恐不及的我，竟然会主动举手吧。

说也奇怪，小学三年级时在学校里吃营养午餐，每当有青椒时，我一定把它挑出来。当时的导师看到了，对我说：“你怎么可以歧视青椒呢？青椒会伤心的。”于是，只要当天午餐的菜里出现青椒，她就会大声唤：“高英雄，把你的餐盘拿过来。”然后，舀给我一大勺青椒，差不多是一般分量的三倍，然后对我甜美一笑：“吃完拿过来给我检查。”我每次都含着眼泪、慢吞吞地一口一口把青椒吃下肚。没想到，到了小学四年级，有一天，我突然发现，我爱上青椒了！虽然这个发现使我吃了一惊，但是感觉还不赖。我不光是把营养午餐的青椒全部吃光光，跟老爸和老妈下馆子时，还会主动请老爸点盘青椒牛肉。

类似的“青椒效应”又在我身上发威了。

这一次，变成了足球。

原本只是希望能刚好再度被球踢中，借此回到唐朝。没想到，踢久了，发现足球还蛮有趣的啊。一开始是上体育课踢，后来是课后和同学踢，最后我甚至争取进入校队。要知道我可是费了九牛二虎之力，教练才答应让我参加的。因为我们并不是要去西天取经，他可能觉得队伍中并不需要猪八戒这个角色吧。为了考验我的决心，教练用不怀好意的眼神看着我：“明天早上六点，七星潭报到。”

拜托，我可是走过一整片大沙漠的人，七星潭难道会吓倒我？

我五点就起床，发现老妈也起床了，正在厨房准备给客人用的早餐。既然有早餐好吃，我当然不客气地吃饱了才出门。

夏天还没有真的结束，天亮得早，我骑着自行车来到七星潭，校队里的明星球员都已经到了。大家在布满小碎石的沙滩上一边闲聊一边热身。后来教练也出现了，他加入热身队伍，热身结束后，我们沿着海岸线来回跑。

不知跑了多少趟，我早就满身大汗，太阳也越爬越高，大家索性把运动背心脱了，裸着上身，只穿一条运动短裤，开始练习颠球。

每天放学后，我们也留在学校的球场加强训练，直到天黑。然后，我和队友会去庙口红茶点杯冰红茶，搭配又松又软的西点，味道超赞！偶尔嘴馋，也会忍不住在回家吃晚饭之前，先偷吃一碗泡面，或来个粽子。按理说，我本来就比较丰满，再这样吃下去，应该会惨不忍睹。不知是否因为运动量变大，我不但没有继续变胖，还长高、变帅（自认为）了……

日子过得平淡但充实，一转眼，我也升上初三了。

有一天，老妈在餐桌上处理豆芽，突然放下豆芽，望着我说："英雄，老实告诉妈，你做了什么？"

那口吻很像电视节目主持人，希望女明星承认自己垫高了鼻梁或是割了双眼皮。

"我没有！"怎么我的口气也很像连忙否认的女明星，"你可以靠近一点看，全部都是真的！全部！"

"怎么可能？"噢，老妈真是够了，如果夸张也有比赛，我一定要帮她报名，"我从来没想过 Antony and the Johnsons[①]的主唱瘦身成功的话，也能成为一枚型男！"说完，还不忘紧紧拥抱我："太棒了，英雄！"

我想，我大概就像岑参诗里说的，"功名只向马上取，真是英雄一丈夫"。不过，我是功名只向"球"上取啦。不是我吹牛，我的球真的踢得越来越好了。不只控球能力强，真正使大家刮目相看的，是我的射门能力。在关键时刻，好几次因为我突破防守，射门得分。我想就算我不是"黄金左脚"，大概也算得上"黄金猪脚"吧。跌破众人眼镜，我一路往主将之路挺进，

① Antony and the Johnsons：中文名直译为"安东尼和约翰逊"，美国纽约的九人乐队。

连同为校队队员的虾帅也直呼不可思议。

这一天，我们到校外参加足球联赛。实在没想到连英雄在下我也有了粉丝团，他们在球场边大喊："高英雄，加油！高英雄，加油！"害得我有那么一丝淡淡的害羞，同时也抱着必胜的决心，才不会辜负教练、队友，以及我自己。

不过，两队实力似乎差不多。下半场，我们落后对方一球，在第69分钟，我接获队友禁区内回传，赶紧抽射入网，得分！第73分钟，我使尽力气，摆脱对方的三名后卫，在角度极小的情况下，又一次抽射破网！大家的欢呼声简直要把我的耳朵炸掉了。眼看着我们就要赢了，我心里正得意呢，对方的队员却把握最后时间，跟我争抢头球，一个不小心，他的头狠狠撞上了我的头——

一阵剧痛向我袭来。我扶着额头，忍着剧痛，等待裁判的判决。没想到下一秒，强烈的晕眩像一张网子罩住了我，我先是蹲了下来，还没有意识到怎么做比较好，整个人就昏了过去。

功名只向马上取，真是英雄一丈夫。

【原　　典】

送李副使赴碛西官军

岑参

火山六月应更热，赤亭道口行人绝。
知君惯度祁连城，岂能愁见轮台月。
脱鞍暂入酒家垆，送君万里西击胡。
功名只向马上取，真是英雄一丈夫。

【今　　译】六月时吐鲁番盆地的火焰山想必更热了，就连交通要道的赤亭道口（今火焰山的胜金口）也行人稀少。

我知道你惯于在天山附近的诸城奔波，又怎么会烦忧于即将见到西域的月亮。暂时脱下马鞍，进到酒馆里，为你西行万里击败敌人而举杯送行。因为一生戎马，获得了好名声，这才是真正的英雄，真正的大丈夫。

【赏　　析】在创作时，我们必须挑选倾诉对象，倾诉对象不同，我们的说话方式、用语也不同。本篇是一首特别的送别诗，既不写歌舞场面，也不写依依离情，却写诗人与知己话别的场景，诗人鼓舞对方，字里行间涤荡着边塞豪情。

今夜不知何处宿，平沙万里绝人烟

当我们四目相接时，是一张漂亮的脸……

真开心！

睁开眼睛后发现，我既不在球场，也不在球场边的医护急救室。我的眼前既没有队友，也没有尖叫的粉丝，而是一望无际的沙、沙、沙。

我回到唐朝了？！

一阵狂风吹过，我好像看到一匹马在我的前方，等我回过神来才确定，我真的回到唐朝啦！心脏怦怦跳动，好大声。我赶紧跟上前方的马匹，一点也不敢大意。万一我跟丢了，可就走不出这片大沙漠了。

还好因为足球校队的训练，我的体力比以前好多了。我掉落在沙漠的边边，走几小时，就能离开沙漠，回到城市。我向好心的陌生大婶要了一点水喝，大婶看我风尘仆仆的样子，还顺手拿了个面饼给我：“饿了吧？带着路上吃。”

啊，是久违了的面饼。我兴奋地咬了一口，虽然跟花爷爷做的味道不太一样，却有类似的香气。吃过面饼，有了力气，我一边问路一边试图往交河城前进。由于离开了太久，我不太确定，这一次是降落在唐朝的哪一个年代？或者已经不是唐朝了？我还找得到花爷爷和小木吗？

一路上，我总是顺道打听他们俩的消息。只是得到的回答通常是：不清楚、不晓得。好不容易遇到一位热情的大哥，他笑着问我：“是否‘今夜不知何处宿’？”还要我别担心，“毕竟，这里已经不是‘平沙万里绝人烟’。”他笑着说，“常听到附近的人们在谈论一个叫花姑的女孩，她经营了一家很特别的客舍，就在交河城内，如果不晓得要住哪里，不妨前往看看。”

交河城？花姑？会跟花爷爷有关吗？

我脑海里满满都是问号，继续赶路。没有马儿，走路虽然费力，但值得庆幸的是，路是人走出来的，只要肯走，便不怕没路可走。终于，我回到交河城了！我站在城墙前，看见熟悉的风景，忍不住流下眼泪。我想起网络上找到的那些交河故城的照片，照片里的交河城一片光秃秃且了无生气的模样，和眼前的城是多么不同。

我在城里走啊走，四处张望着。街道和城市的格局还是一样的，但以前和小木去买点心的店家不见了，变成一家鞋店。以前有个小沙弥，喜欢站在同一条街的转角诵经，现在他也失去了踪影。以前有个漂亮的大姐，专卖些胭脂、小首饰的，现在她也不知去处。

我慢慢来到小木家门前。我很确定它就在那个位置，但是外观看来不太相同了。它看起来就像一家……客舍。应该就是传说中那个花姑所开的客舍？叫我大吃一惊的是，外头布幌子上面写着的店家名称，赫然是“边边”。

这让我百分之百肯定，绝对是花爷爷和小木开的店。因为知道我家民宿名字的只有他们两位呀。但这样说来，花姑到底是谁？据说是位年轻的女孩，肯定不是小木的母亲——况且，小木的父母亲早就过世了。

我的心里充满疑惑，期待，紧张，好奇，兴奋，像是把这些心情都放进榨汁机里榨出来的一杯怪味果汁，我啜饮着那滋味，踏入了位于边疆的“边边”。

一进门，有几个看起来很伶俐的小朋友在招呼客人。其中一位，感觉年纪只比我小一些，也是个男孩，亲切地对我说：“客官，请问您要投宿，还是用餐？”

“我……”我一时实在拿不定主意。万一我千方百计回到唐朝，结果根本遇不上花爷爷和小木，那么我回来又有什么意义？我突然明白，人们之所以对一个时空恋恋不舍，或许并不是因为那个时空本身有什么值得眷恋的，而是因为舍不得那个时空里的人。

看我一个人发愣，男孩体贴的表现令人感觉很放松，他悄悄端来一杯茶、一碟点心：“您先歇会儿，想好要点什么，随时可以唤我。我叫方方。”

我跟方方说了声谢谢，他便离开到别处忙碌去了。但眼神会时不时落向我，大概是怕没人招呼我。

我想我可以点一碗汤面，边吃边想。但我随即又想到，我根本没钱哪。万一这家店不是小木开的，我可能会被轰出去吧。于是我招来方方，向他打探：

“请问，这里有位花爷爷吗？或是，有个叫小木的男孩？”

方方听我问起花爷爷，神情有点异样，他小心翼翼地问：“请问您是？”

“我叫高英雄。”我赶紧解释，“之前我曾经在这里住过一阵子，和花爷爷、小木一起。”

“小木？”方方似乎很迷惑的样子，“没有小木，这里只有花姑。”

是的，一路上我也都只听到花姑。“花姑把那家客舍开得真有特色”“没见过像花姑做生意那么诚恳的人”“花姑店里的招牌烤肉，好吃啊”……我真的很怀疑是不是有人把小木藏起来了，也许就是那个叫花姑的家伙。但总不会连花爷爷都一起藏起来吧。于是我问：“那么，花爷爷还住在这儿吗？”

方方叹了一口气说：“花爷爷过世了。”

这就是了。花爷爷过世了，一定是那个不知从哪里冒出来的花姑，赶走了小木，自己当了店老板。

“我还是请花姑出来跟您说明吧。”大概是见我愁眉苦脸，方方有点手忙脚乱，丢下这句话，就一溜烟儿跑进房了。

过了一会儿，我先闻到一阵香气，然后听到好听的玉佩轻轻敲击的声音，走路的那人不疾不徐，感觉很是和气、镇定。

应该就是花姑吧？

她从屏风后头现身，看起来比一般唐朝的女性消瘦许多，然而一身鲜明的配色，飘逸的衣裙，仍然充满唐朝的华丽与大胆。

我们四目相接，映入我眼帘的是一张漂亮的脸。我竟感觉她的五官看起来好面熟，我绝对在哪里见过——啊……小木！她长得实在太像小木了。难道她是小木的姐姐？但小木从来没跟我提过啊。

而花姑显然也正打量着我，在彼此照面后的沉默空当，我在她的眼里读到一股迷惑，好像电脑要读取光盘却读不出来那样。过了三秒钟，她终于惊讶地、不太确定地问："你是……英雄？"

就在那一瞬间，我明白了。

她就是小木。

今夜不知何处宿，平沙万里绝人烟。

【原　典】

碛中作

岑参

走马西来欲到天，辞家见月两回圆。

今夜不知何处宿，平沙万里绝人烟。

【今　译】往西行的路程简直快要走到天的尽头，却还未抵达目的地。离家至今，月亮已经圆了两回。

今天晚上，连要借宿的地方都没有着落，因为放眼望去，全是广阔无际的沙漠，毫无人烟。

【赏　析】月亮向来是诗歌里一个很重要的意象，李白说："举杯邀明月，对影成三人。"杜甫说："露从今夜白，月是故乡明。"王维说："深林人不知，明月来相照。"高适说："雪净胡天牧马还，月明羌笛戍楼间。"岑参在这首诗里，则说："走马西来欲到天，辞家见月两回圆。"月亮其实是同一个，放在不同风格的诗人的诗句里，却呈现出完全不同的意义。其实，不仅诗人爱写月亮，即便到了现代，作家们也偏爱月亮。张爱玲写道："三十年前的上海，一个有月亮的晚上……我们也许没赶上看见三十年前的月亮。"到了村上春树笔下，唯有当"两个月亮"高挂天空，我们才能确定自己走进1Q84年。在文学作品里，还有比"月亮"更棒的道具吗？大家也可以试着去写写月亮噢。

相忆不可见，别来头已斑

你应该回到你的时代，过属于你的生活。

真尴尬。

我和小木，噢，不，应该是花姑，终于相见了。可是他却变成了女孩子！这叫我情何以堪……我只是长高、变帅，但他变得也太多了吧。

聪明的花姑马上读出我心中的五味杂陈，拉了把椅子坐下来，向我解释："我一直是女孩子，只不过从小就爱当自己是男孩。反正咱们这时代很多女生都穿男装，花爷爷也觉得这样对喜欢东奔西跑的我而言，或许安全一些，就由着我。"

"你是说，"我吞了口口水，"我第一次在天山见到你，你就是女生？"我实在无法相信，虽然小木长得很俊美，但我以为"他"只是天生丽质，如今才知道"他"根本就是女孩子。我怎么会完全没发现呢？

我们相处了那么久，还一起做伴走过大沙漠！我一定是太贪吃了，只关心食物。这个冲击对我来说太大了！我甚至惊讶到语无伦次：“那，我该叫你小木，还是花姑啊？”

眼前的女孩笑了起来：“真可爱，你还是那么呆。叫我小木就好啦，我还是你认识的那个小木啊。就像你虽然长大了，不再是以前胖胖的英雄了，但我一看到你善良又窘迫的脸，马上就把你认出来了。”

果然，小木承认我以前是胖胖的了，那时还安慰我“一点也不胖”。原来是善意的谎言。

我想起方方说花爷爷过世了，赶紧确认：“我刚听说，花爷爷他——”

小木点了点头：“你消失之后的第二年，花爷爷还是没能熬过那个怪病。有一天起床，他本来打算出门买东西，突然就昏厥过去。在床上躺了三天，最后呼吸慢慢停了……”

我想象那个画面，觉得好难过。偏偏我又不在，不然好歹也可以帮上一点忙。

“爷爷走了，我才发现，有些事情真正发生时，比想象中还要难以接受。于是，我每天哭，食不下咽，心里甚至希望奇迹发生，比如说你又一次出现，我就不会是孤孤单单一个人了……”

原来，当我在球场和七星潭卖力练习，奢望着还能再回到唐朝的时候，小木就这样独自承受着巨大的伤心。

“但是，你终究没有出现。”小木抬起她长长的睫毛，看着我，“有一天我醒过来，躺在床上，告诉自己不能再这样下去。就在那一瞬间，我想起你离开之前说的话。”

“我说了什么？”平常废话太多的下场，就是会忘记自己说过什么。

“你忘了？那天，我们边用夜光杯喝酒，边吃花爷爷做的烤羊排，你建议我们开家民宿。”

“啊——”我恍然大悟，想必也是因为这样，这家客舍才会叫作“边边”吧。

“花爷爷其实留下蛮多钱的，足够我生活和开店。我想也许你的建议很中肯，也适合我，就往这个方向努力。我将房子重新装修，研究出与众不同的菜单，价格也定得比较低，客人就渐渐多了起来。”小木又说，“战争后多了很多孤儿，我把他们都找来，供他们吃住，让他们在这里工作。”

刚刚在店里头看到的那些伶俐的孩子，包括方方，都是孤儿？花爷爷走了，小木也成了孤儿。这家“边边”真是充满温暖、互相照顾的孤儿之家。实在太好了！

“光顾着说话，你饿了吧？”小木还是这么贴心，马上请方方帮我准备饺子汤，还腾出一个房间让我住。“先吃点东西，我们慢慢再聊。”

我很珍惜在“边边”的日子。

英雄在下我，无论身处21世纪还是唐朝，简直可以说不在“边边”，就在前往“边边”的路上。

有时我也凑热闹，招呼一下客人。不过我笨手笨脚的，完全比不上方方他们，他们训练有素。偶尔，我会和小木重游旧地，去以前远足的坎儿井，或骑着马再看一次火焰山。出门的时候，花姑换下女装，穿起男装，又变成我熟悉的帅气小木了。可是我却变得有点尴尬，因为已经知道她是个女孩子，不太能像过去那样大咧咧、百无禁忌地……肚子饿就大声说出来。毕竟，在女孩子面前大喊自己肚子好饿啊，总觉得有点害羞。而且现在的小木未免也太香了吧，以前有那么香吗？我真的记不得了。过去的我对食物的香味比较有印象。

这一天，小木说要带我去新开的点心店，是她认为这城里最美味的一家。一听到有吃的，我当然眼睛发亮，马上说：“走吧！”

沿街都有人跟小木打招呼。卖水果的老伯、卖布的大哥、卖皮件的大娘……小木也亲切地跟他们寒暄，然后转过头来向我讲这些人的故事。那是好朋友之间才会有的默契和亲密。

走着走着，我们走到了城里靠近北方的寺院群，小木突然对我说：“英雄，我想了很久……”

咦，想什么？该不会是要对我告白吧！虽然我已经长高、变帅，但还是一个羞涩无比的小男生，没有恋爱经验的……

小木挑了个石桩坐下来，轻轻地说：“你回来我真的好开心。岑参说：‘相忆不可见，别来头已斑’……”

她正要继续解释，我赶紧说：“我知道！就算想念，也不见得能见上一面；虽然只是分别不久，我的头发却已斑白。”

小木惊讶地睁大眼。

我笑着解释：“因为我读过《高适岑参诗选》啦。离开唐朝之后，才发现我对这里有很深的感情，我买了很多跟唐朝有关的书。”

“所以我们很幸运啊。想念着彼此，竟然还能够再一次见面。”小木的眼眶湿湿的。她沉默了好一会儿才说：“但是，我想了又想，其实你并不属于唐朝，继续待在这里也不对，你应该回到你的时代，过属于你的生活。”

“可是，我喜欢唐朝啊。我喜欢待在这里——”

我的话还没有说完，就被小木打断。她说：“说来，真的要感谢你。如果不是你，谁陪我在天山找给花爷爷治病的雪莲花？如果不是你，谁跟我穿越大漠去送信？如果不是你，我怎么会发现，自己竟然能够经营一家客舍，甚至还有余力帮助别人？是你让我改变了。”

我从来没想过自己能改变别人。况且，明明是小木救了我，不然我就要在天山被冻死了。

小木接着又说：“你为我做了这么多，我能为你做点什么？”

为什么，我竟觉得这句话，听起来像告别呢？我该如何让小木知道，她已经带给我太多珍贵的东西？

散步回到“边边”之后，天还未黑。小木知道我现在是厉害的足球小将了，她笑着说：“蹴鞠，可是我们的绝活儿呢。”

仿佛稍早的那场谈话不存在似的，小木开心地把所有小朋友都唤过来，打算来一场“蹴鞠友谊赛”。我们几个人大呼小叫地分了队，大家都兴致高昂地听我的指挥暖身。

终于要开赛啦。我绝对不能辜负我“黄金猪脚”的美称，一定要踢一场好球。

比赛即将开始，小木突然指着我身后，对我说：“你看，落日！”

我转过头去，看见远方浑圆又美丽的落日，正要降落。同时，我的眼尾余光瞄到小木，高高飞踢起她修长的腿。“小木，你做什么？”就在我还来不及反应的时候，一颗球，击中了我的头。

好痛！我抱着头，转过身，看见小木脸上挂着一抹意味深长的微笑。那笑容里，充满祝福，还有不舍的忧伤。

我努力在意识消失之前用力地看着她，记住她的脸。

因为我明白，这或许是最后一眼了。

相忆不可见，别来头已斑。

【原　　典】 **寄宇文判官**

岑参

西行殊未已，东望何时还？
终日风与雪，连天沙复山。
二年领公事，两度过阳关。
相忆不可见，别来头已斑。

【今　　译】 我们身处西域的日子还未结束，却忍不住向东边的故乡眺望，不知何时能归返？这里若不是整天的狂风与大雪，就是一望无际的沙漠和连绵的高山。

为了国家的事，两年之间你奔波不定，甚至两度进出阳关。

就算想念，也不见得能见上一面。虽然只分别一年余，我的头发却已斑白。

【赏　　析】 边塞生活的辛苦，对挚友与故乡的想念，如果不是亲身经历过，很难真正体会。诗人和宇文判官有相似的塞外生活经历，诗人除了以诗作表达自己与宇文判官之间的深挚友情，也通过对宇文判官忙碌与奔波生活的描写，间接描写自己的边疆生活。那些不足为外人道的心情，唯有经历过西域寒雪的人才懂。

马上相逢无纸笔，凭君传语报平安

我还不确定我想做一个怎样的大人，因为每一种，我都想试试看。

真微妙。

又回到21世纪了，而且是小木送我回来的。她最后望向我的眼神，仿佛在说："有缘，我们会再相见的。"

真的还能再相见吗？毕竟我们隔了一千多年啊。

无论如何，我唯一能确定的是，我一点也不倒霉。有谁能像我这么幸运，和全唐朝最善良的男孩，噢，不，全唐朝最善良的女孩，成为好朋友呢？

我在我容量不大的脑子里扫描了一遍，还真的有——

就是我那每天抱着电脑写小说的老爸。他那本号称要"把这二十年来看到的大大小小荒唐事"全写出来的小说，终于完稿了。我们知道老爸写完了，一开始很为他高兴，万万没想到，一本小说写完了，并不代表抵达了终点，还得把它出版啊。

这下可好了，老爸的出版之路并不顺遂，正如他的职场生涯一般，出版界在老爸眼中也充斥着“势利鬼”“讨厌鬼”“糊涂鬼”……他们真倒霉，只不过不想出版老爸那本满腹牢骚的小说罢了，就被编派成“鬼”。偏偏刚好有个新成立的出版社，相中了老爸的书，总编辑还亲自来花莲拜访，我觉得奇怪，怎么有人穿着西装来花莲度假？

后来知道人家原来是来签约的。根据那位总编辑的说法，这本书“用前所未有的喜剧手法，写出台湾人心里说不出的苦”，还保证会用最高规格为这本书宣传，希望“让更多人读到难得一见的好书”。

老妈倒是悠闲，一边切水果，还一边听着她的最爱乐队 Kings of Convenience[①]，大概是觉得那位总编辑言重了，或者是……严重了。

然而人生总是超乎预期。我那幸运却不自知的老

---

① Kings of Convenience：中文译名为“便利之王”，挪威民谣乐队。

爸，写出了被誉为“旷世奇作”的长篇小说《边边》。《边边》不仅获得评论家的一致好评，还登上了实体书店和网络书店的排行榜，居高不下。一连十周之后，连媒体都开始报道，诸如《文学不死！高达夫现象探讨》《为边缘发声？——〈边边〉发烧启示录》之类的标题层出不穷。老妈那天忍不住跟我说，还好她不戴眼镜，不然跌破眼镜要重配也是挺花钱的。

成为畅销书作家的老爸，除了展开他的下一本书的写作，还受邀到台湾各地演讲。主题通常是“我在边边的日子”。我深深以为，这个题目我也能讲，我还可以跟大家报告花爷爷和小木的故事哩！

不过，也得感谢老爸，由于一大笔版税收入，老妈终于能实现她环游世界的梦想啦。老妈先是去了圣彼得堡，然后又去了伊斯坦布尔，接着又去了冰岛。每到一个新的城市，老妈似乎就变成那边的人。像是她刚从圣彼得堡回来后，家里一天到晚吃酸黄瓜和罗宋汤。去了伊斯坦布尔后，老妈每天都埋首在帕慕克[①]的长篇小说里，还说这位得过诺贝尔文学奖的小说家

① 帕慕克：土耳其当代最著名的小说家，西方文学评论家称他为当代欧洲最核心的三位文学家之一。

长得比老爸帅多了！去了冰岛之后，家中一天到晚播放 Sigur Rós[①]的专辑，老妈最偏爱封面是胎儿的那张。她还剪了一个类似碧玉的发型，实在很酷。如果有旅行狂人比赛这一项，我一定要帮老妈报名。疯狂事迹还包括她只要一出国，因为太着迷旅行，就会忘记她老妈跟老婆的身份。

有一次，她在阿姆斯特丹机场转机，巧遇曾经住过“边边”的客人。“咦，你不是‘边边’的那位老板娘吗？”据说，当时正赶着登机的老妈，摘下耳机，仿佛想起了什么似的，大喊：“啊，我忘记跟家里打电话了！”

然后，她就一连串地对着那一对曾经住过“边边”的情侣说：“拜托拜托，我现在只剩五分钟赶去登机口，他们现在是半夜睡觉的时间，所以没办法打电话；发短信的话，我打字的速度又太慢，而且上了飞机就得关机。既然古人说‘马上相逢无纸笔，凭君传语报平安’，是否可以麻烦你们两位，帮我发个短信给英雄，告诉他，我一切都好，很快就会再跟他们联络——”

---

① Sigur Rós：中文译名为“冰岛乐队”，冰岛的后摇滚乐团。

“英雄？”那对情侣听得一头雾水，但老妈说完那串话只剩四分钟了，于是他们也来不及细问，便抄下老妈给的电话号码，答应一定会帮忙发送这条短信。老妈于是用仅剩的三分钟飞奔去登机。

以上这些，是当我某天醒来，发现手机里有一条陌生人发来的短信时，才知道的复杂故事。

那天，刚远行归来不久的老妈，一边把熏鲑鱼夹进吐司里给我当早餐，一边向我预告她接下来想去帕米尔高原。

我眼睛一亮：“那你也会去乌鲁木齐和吐鲁番盆地吗？”

“咦，你对新疆的地理还蛮有概念的嘛。”老妈自己也做了一份鲑鱼吐司，毕竟她暂时还是个挪威人——在她走访新疆，摇身变成维吾尔族人之前。

“还可以啦。”我想了想，决定保守我曾经去过唐朝的秘密，保守一个属于我和小木之间的秘密。毕竟，老妈这么热爱旅行，我怕她会太羡慕我，居然不用花机票钱，就去到了天山！

老爸和老妈都不在的时候，一波叔叔来到“边边”帮忙。

虽然他还是带来了我最爱的铜锣烧，但是已经长高、变帅的我，不晓得为什么，不太好意思像以前那样紧紧拥抱他了。一波叔叔却很坚持还是要抱一个。拥抱之后，他叹了口气说：“仿佛昨天你还是个小朋友，一转眼，就已经长大、变成小帅哥了啊。”

哎呀，一波叔叔说话永远这么中听。我也就害羞地接受了我是“小帅哥”的说法，再怎么说，总比当“小猪哥”好吧。

从前没机会吃过，想不到一波叔叔的料理手艺很棒。“我在爱丁堡留学的时候，可是一次都要煮五人份的晚餐啊。”

我边喝着好喝的蔬菜浓汤，边惊讶地看着他：“你是去厨艺学校留学吗？”

一波叔叔哈哈一笑：“因为我的室友有人会把马铃薯烤焦，有人则是不会分辨面条到底煮熟了没，我是相对来说比较会煮的那个，他们就决定把钱交给我买菜，负责煮给他们吃。”

“太幸福了！”我咬了一口迷迭香烤鸡，开始担心：万一以后都是一波叔叔煮饭，我那丰满的身材，估计很快又会回来跟我复合了。

吃过晚餐，趁客人们都去鲤鱼潭找萤火虫的空当，我和一波叔叔坐在“边边”的门口，有一搭没一搭地聊天，吃着花莲自产的冰棒。

一波叔叔突然问：“英雄，你身边的大人好像都怪怪的，像你老爸、老妈……还有我。你有没有想过，以后要做一个怎样的大人？”

我想，他是担心，我会受到“负面教材”的影响吧。

不过，其实我觉得老爸虽然爱抱怨却很认真、很执着；老妈虽然看似疯狂却充满非比寻常的热情；一波叔叔虽然不像一般人那样朝九晚五地工作，却在自己选择的生活里过得很快乐。

找到自己真正想要的，哪怕是别人眼中的“边边”，也不后悔，难道不是更重要的事吗？我想了想，对一波叔叔说：“我觉得我有很多想法，也觉得自己有很多可能，我还不确定我想做一个怎样的大人，因为每一种，我都想试试看。”

没对一波叔叔说出来的话是：毕竟，我可是去过唐朝的！在我心里，也有一个神秘的“边边”，供我回忆，给我力量。

不练球的时候，放学后我不马上回家。我喜欢沿海岸线骑着自行车，到港口边一个我认为视野最棒的角落，静静等待黄昏过去，黑夜来临。

这一天的风有点大，黄昏的天空很美，一波叔叔交代我去公正街买一笼包子，当作客人第二天早餐的主食。我提着热腾腾的包子回到“边边”，正好有一家人准备 check-in，是一对父母带着两个孩子。李叔叔正为他们介绍环境，那个小男孩扔出手中的皮球，皮球向我滚来。像是姐姐模样的少女，拉住男孩：“方方！不要乱跑。”

那个声音，那个侧脸，竟那么熟悉，我有种快要无法呼吸的感觉。

我把球捡起来，向他们走去。

少女转过身，并不接球，她的眼光越过我，望向门外。她的脸闪闪发亮，微微笑起来，赞叹地说：“你看，落日——”

花莲，其实是看不见夕阳的。

我没有转身张望，而是定定地注视着她。

仿佛在我身后，浑圆又美丽的落日，正要降落。

马上相逢无纸笔，凭君传语报平安。

【原　　典】

逢入京使

岑参

故园东望路漫漫，双袖龙钟泪不干。

马上相逢无纸笔，凭君传语报平安。

【今　　译】往西征行，频频回首望向故乡，只感觉到那路途无比漫长。两边的袖子，已因为拭泪而沾湿，眼泪却还是流个不停。突然，竟遇到从西域要回京都的使者，但彼此都骑着马儿，无法好好停下来写封家书请他顺道带回。只好请他捎个口信，告诉我的家人，别担心，我一切都好。

【赏　　析】诗人在这首诗里写的是一件平凡的小事：出塞的途中，偶遇要返京的使者。诗人在前两句诗中表现了西征的心情：既不舍又伤感。然而这份愁绪，真正要整理为一封口信时，终究还是只能报个平安——毕竟，让家人知道自己的烦忧而牵挂，似乎是更大的负担。后两句看似质朴，其实蕴含难以言喻的深情。

附　录

首秋轮台

岑参

异域阴山外，孤城雪海边。

秋来唯有雁，夏尽不闻蝉。

雨拂毡墙湿，风摇毳幕膻。

轮台万里地，无事历三年。

【今译】

身处在西域天山之畔，这座名为“轮台”的孤城伫立在沙漠边。

轮台刚过农历七月就已荒凉，只见大雁南飞，夏日方尽，连蝉声都止息了。

寒雨拂打着毡墙，将它沾湿；风声摇晃毡帐，发出阵阵腥气。

在这距离故乡万里的地方，军中无事，我已度过三个年头。

经火山

岑参

火山今始见，突兀蒲昌东。

赤焰烧虏云，炎氛蒸塞空。

不知阴阳炭，何独燃此中？

我来严冬时，山下多炎风，

人马尽汗流，孰知造化功！

【今译】

久闻火焰山大名，如今终于亲眼看见，它高高矗立在蒲昌县东。

艳红的火焰彷佛燃烧着西域的云朵，灼热的空气蒸烤着塞外的天空。

不知阴阳炭为何独独在这里燃烧？

我初抵此地时，虽是严冬，经过山下仍可感觉到阵阵热风。

人和马都流汗不止，大自然创造万物，实在无比神奇！

白雪歌送武判官归京

岑参

北风卷地白草折，胡天八月即飞雪。
忽如一夜春风来，千树万树梨花开。
散入珠帘湿罗幕，狐裘不暖锦衾薄。
将军角弓不得控，都护铁衣冷难着。
瀚海阑干百丈冰，愁云惨淡万里凝。
中军置酒饮归客，胡琴琵琶与羌笛。
纷纷暮雪下辕门，风掣红旗冻不翻。
轮台东门送君去，去时雪满天山路。
山回路转不见君，雪上空留马行处。

【今译】

强劲的北风席卷而来，连强韧的白草也无法抵抗。边疆地带，不过八月，就已雪花纷飞。

一夜大雪之后，白色的雪花覆盖在树上，竟像春风拂来，将千万株梨花同时吹绽。

雪花偶尔也会飘入珠帘，打湿帐幕。就算穿上狐裘制的衣物、盖上锦缎被子，仍能感受到严寒。

将军的手冻僵了，无法拉弓；都护的铠甲因为过于冰冷，无法立刻穿上身。

坚冰交错，盖满无边的沙漠；密云昏暗，布满万里天空。

主帅在帐中设酒宴送别，帐中萦绕着胡琴、琵琶和羌笛演奏的音乐。

告别之际，大雪纷飞，强烈的北风竟也无法使辕门前冻凝的红旗翻动。

在轮台城的东门，目送着你离去。茫茫的天山路都被大雪覆盖了。

山回路转，你的背影渐渐消失，雪地上只留下马蹄的痕迹。

登凉州尹台寺

岑参

胡地三月半，梨花今始开。

因从老僧饭，更上夫人台。

清唱云不去，弹弦风飒来。

应须一倒载，还似山公回。

【今译】

边塞的春天较迟，已经三月春半，梨花才盛开。

我先往老僧处用过饭，才登上夫人台欣赏风景。

席上美好的歌声，留住了云的脚步；琴声一罢，便有凉爽的清风吹至。

我也应该倒骑着马，像山公那样酩酊大醉而归。

送崔子还京

岑参

匹马西从天外归，扬鞭只共鸟争飞。

送君九月交河北，雪里题诗泪满衣。

【今译】

单骑一马，从西域沙漠归返故土。扬起手中的马鞭，一心疾行，仿佛与鸟儿竞飞。

九月时节，我在交河城北送你离开。当我在雪中题完这首诗，发现泪水早已沾湿衣袖。

赴北庭度陇思家

岑参

西向轮台万里余，也知乡信日应疏。

陇山鹦鹉能言语，为报家人数寄书。

【今译】

一路西行，来到轮台，离故乡已有万里之遥。也该知道，不应再频频盼望来自亲人的消息。

听说陇山的鹦鹉能模仿人说话，要是能托它们告诉家人，多写些信给我，该有多好。

日没贺延碛作

岑参

沙上见日出，沙上见日没。

悔向万里来，功名是何物？

【今译】

在广袤无边的沙漠上，太阳升起了，太阳落下了，长路依然漫漫。

有那么一个瞬间，心头确实有了悔意：为何要离家万里，只为求取世人眼中的浮名？

赵将军歌

岑参

九月天山风似刀，城南猎马缩寒毛。

将军纵博场场胜，赌得单于貂鼠袍。

【今译】

九月的天山早寒，冷风如刀刺骨，在城南参与出猎的马儿也都竖起寒毛。

赵将军身手非凡，参与骑射，勇力搏斗，场场胜利，甚至还从少数民族首领的手中，赢得珍贵的貂皮袍子。

塞下曲六首·其三

卢纶

月黑雁飞高，单于夜遁逃。

欲将轻骑逐，大雪满弓刀。

【今译】

没有月亮的夜晚，大雁惊飞，单于想趁着黑夜的掩护悄悄逃离。将士们正打算策马追击，刹那间，大雪就落满杀意逼临的弓刀。

从军北征

李益

天山雪后海风寒，横笛偏吹行路难。

碛里征人三十万，一时回首月中看。

【今译】

天山下了一场大雪，如海般广阔的沙漠中，刮起彻骨的寒风。行军途中，战士们纷纷演奏起那首叫作《行路难》的感伤笛曲。

征军无数，就像有三十万人那般壮观，不知为什么，他们却忽然都回过头来，望向高挂夜空中的那轮明月。